Martin de Halleux

L'inconnu du Pacifique

L'extraordinaire voyage du capitaine Cook

Édition définitive
revue et argumentée

éditions sed

Dans la même collection

Touchez pas à Amélie !
Nicolas de Hirsching

Quatre lapins et un innocent
Bernard Gallent

À la gloire des petits héros
Gérard Hubert-Richou

L'espion du roi d'Angleterre
Aude Hubert-Richou

Le parchemin pourpre
Dominique Rebourg

La vengeance de Pirasmus
Anne-Caroline D'Arnaudy

Meurtre mystérieux au jardin des Plantes
Aude Hubert-Richou

2, rue Chappe - 78130 Les Mureaux
Tél. : 01 34 92 78 78 - Fax : 01 34 92 82 53
ISBN : 978-2-35247-124-0
Référence : 14103

Pour Marie, avec qui je partage,
de jour en jour, ma passion d'écrire.
Pour Julie et Victor, ce récit porteur
d'espoir et de liberté.

Le voyage de l'Inconnu du pacifique

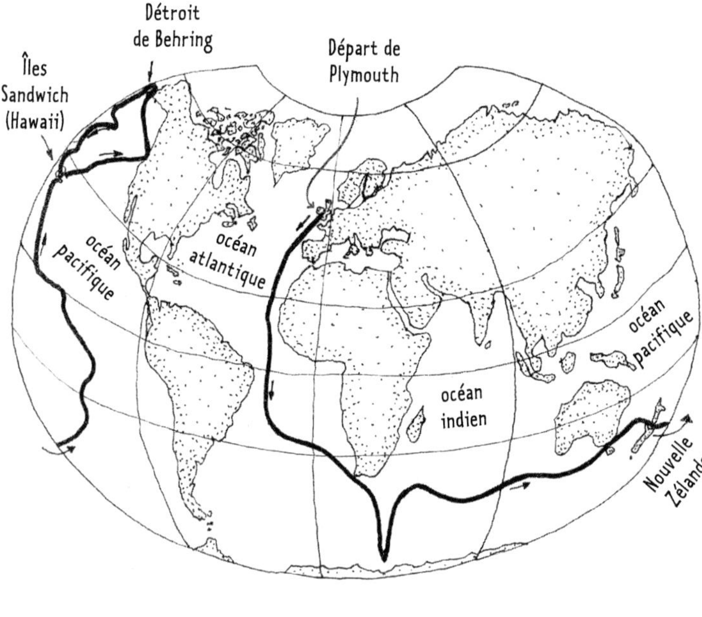

À la découverte de l'inconnu

Au XVIIe siècle, le monde n'était pas encore totalement exploré. Il restait notamment de nombreuses îles à découvrir dans les eaux éloignées du Pacifique. En 1768, le jeune lieutenant du vaisseau James Cook part pour sa première expédition autour du monde. Il reviendra trois ans plus tard après avoir découvert des dizaines de nouvelles terres habitées.

Dès lors, James Cook devient célèbre dans toute l'Europe et jusqu'en Amérique. Il repart deux fois dans le Pacifique et explore les côtes de l'Australie, ainsi que la Nouvelle-Zélande, la Nouvelle-Calédonie, Tahiti et d'innombrables autres îles.

Les astronomes, les botanistes, les géographes et les médecins, embarqués à bord des vaisseaux du capitaine Cook, font de nombreuses découvertes et rapportent des centaines de nouvelles espèces de plantes et d'animaux. Les marins relèvent les cartes du fond de l'océan Pacifique. Les peintres dessinent les paysages et les populations des terres qu'ils abordent, pendant que James Cook étudie leurs langues et leurs modes de vie.

Pour les marins du XVIIIe siècle, ce fut une aventure et une chance unique de participer à la découverte de ces territoires inconnus. Aujourd'hui, où l'on croit tout connaître de la Terre et des hommes qui la peuplent, il est pourtant possible de garder ses sens en éveil et de se laisser encore surprendre par l'inconnu...

Le capitaine James Cook fut l'un des plus grands marins du XVIIIe siècle. Il découvrit, lors de ses trois voyages autour du monde, des dizaines de nouvelles terres, pour la plupart des îles de l'océan Pacifique. Le récit qui suit retrace librement sa dernière expédition dans le Pacifique entre 1776 et 1779, année où il trouva la mort.

Le bateau du capitaine Cook

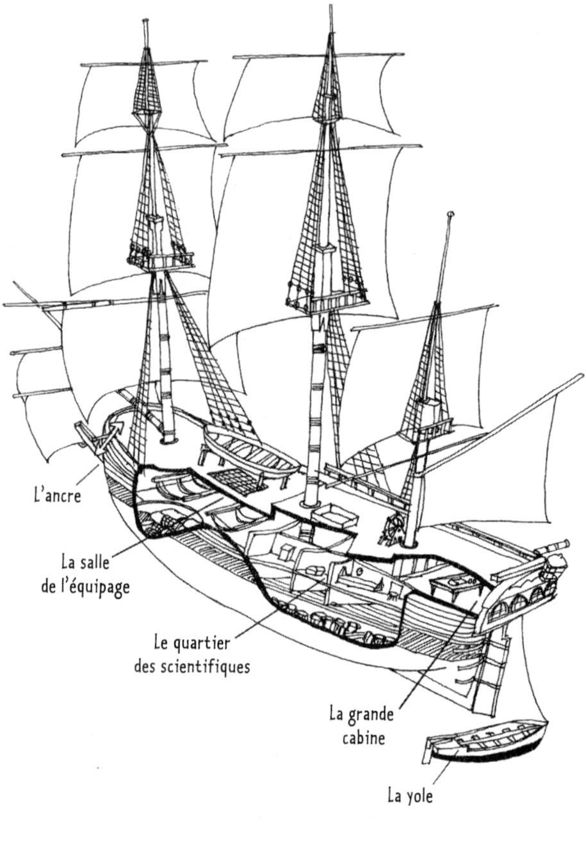

Chapitre 1

— Et que s'est-il passé, monsieur King ?

— Le capitaine Cook hurlait si fort qu'on pouvait l'entendre jusqu'au fond des cales du *Resolution*... « La yole[1] ! Ils m'ont volé la yole ! Ils m'ont fait ça à moi ! » Les pas de ses bottes claquaient sur le plancher de sa cabine, il était furieux. Pour la première fois, je l'entendais se laisser emporter par la colère. Puis il s'est apaisé et s'est assis à son pupitre. J'ai su ensuite qu'il avait passé la nuit à écrire, jusqu'au matin de cette funeste journée.

1. Voir le dessin du bateau du Capitaine Cook ci-contre.

Le lendemain, j'ai retrouvé dans la cabine du capitaine Cook ces pages noircies de sa grande écriture, bien rangées dans une cassette en fer, à l'abri de l'humidité. J'ai alors revécu le récit de notre incroyable aventure...

* * *

Ce voyage autour du monde avait commencé de façon si simple ! Nous sommes partis de Plymouth[1] en suivant une ligne presque droite vers le pôle Sud, jusqu'à cette fameuse tempête.

Depuis quelques jours, la mer est de plus en plus dure. Le *Resolution* est en permanence noyé dans un épais brouillard, et j'ai beaucoup de mal à faire le point. Un matin, juste avant le lever du soleil, des growlers, de petits morceaux de glace, frôlent notre coque. Les vigies du vaisseau lancent l'alerte :

— Glace ! Glace à deux heures, sud-sud-est ! Icebeeeeeerg !

1. *Port du Sud-Ouest de l'Angleterre.*

Tous les hommes sont sur le pont, armés de piques, prêts à repousser les blocs d'eau de mer gelée. À la barre, King, mon second, guette les montagnes de glace à travers le brouillard. Je suis inquiet : plus nous avançons vers le Sud, plus les icebergs sont nombreux. La nuit dernière, je me suis réveillé en sursaut, tourmenté par un cauchemar. Nous allions tous mourir ! Nous faisions naufrage, l'eau rentrait de toute part dans la coque éventrée du *Resolution*. Mes marins se noyaient, emportés par des bouillons d'eau glacée. Certains hurlaient d'effroi, d'autres tentaient désespérément de repousser l'océan de leurs mains ; résignés, les plus vieux priaient ou pleuraient en silence... Je ne pense pas que ce rêve soit prémonitoire. C'est vrai, je les aime, mes marins et, comme eux, j'ai peur les nuits de tempête. Mais je dois avancer plus au sud ! Je veux savoir s'il existe ou non une terre derrière les glaces du pôle Sud, je veux pouvoir définitivement l'inscrire sur nos cartes. Ensuite seulement nous remonterons vers les douces chaleurs de Tahiti.

Le *Resolution* est sous le 70e parallèle depuis plusieurs jours ! Jamais aucun d'entre nous n'est descendu aussi bas. L'air est sec et glacial. Nos habits fourrés suffisent à peine à nous protéger du froid et de la bise. La houle est immense, certaines vagues sont deux fois plus hautes qu'une maison ! King et Williamson veillent en permanence à la barre. Le *Resolution* ne doit en aucun cas être pris de travers par la houle. Ainsi, nous passons d'une vague à l'autre comme un minuscule bouchon perdu en mer.

Soudain, alors que nous sommes poussés sur la crête d'une vague, Williamson attire mon attention sur la ligne de l'horizon. À trente degrés nord-est s'étale une bande sombre et large de plusieurs miles marins. Un orage ! Une terrible tempête avec la pluie, les éclairs et les vents qui l'accompagnent ! Je me tourne immédiatement vers King :

— Réduisez la toile, mettez-nous face au vent et larguez les ancres flottantes. Nous restons là jusqu'à ce qu'il nous passe dessus. Priez pour qu'il ne nous précipite pas contre un iceberg !

Les heures qui suivent comptent parmi les plus terribles de ma vie. Je ne peux rien faire, sinon attendre et subir les fureurs de l'océan. L'équipage est persuadé de vivre ses derniers instants à bord. Pourtant nous sommes tous là, accrochés à notre coquille de bois, la rage au ventre, bien décidés à poursuivre notre expédition dans le Pacifique. Quand j'y pense aujourd'hui, je me dis que j'étais complètement fou de les avoir emmenés si loin vers le sud, à travers les icebergs, à quatre-vingt-dix sur notre petit bateau d'à peine trente mètres !

King et Williamson n'ont même pas élevé la voix. Face au danger, mes hommes prouvent qu'ils connaissent leur métier. Bligh lance ses ordres, les marins renforcent les amarres des pièces d'artillerie et du fret en cale. Les mousses grimpent comme des singes dans les mâts et les haubans pour réduire les voiles. Vite ! L'orage fonce droit sur nous ! Les grondements du tonnerre sont de plus en plus proches.

Brusquement, l'air se rafraîchit et un vent violent amène les premières gouttes de pluie qui fouettent nos visages. En quelques minutes, le pont du navire est noyé par la mer déchaînée.

L'équipage se précipite pour se mettre à l'abri. Les hommes de quart s'attachent aux mâts ou aux rambardes. King m'apporte ma parka et une corde. Le ciel est gris sombre, il va bientôt faire noir en plein jour ! Des rafales de plus en plus violentes secouent le navire. La houle perd de sa régularité. Petit à petit, les vagues se mettent à se chevaucher et à se croiser sans aucun sens logique. Désemparé, le *Resolution* tangue de tous côtés. Je dois m'attacher ! Mais une vague m'emporte, je glisse et tombe, le front contre la barre. Je saigne, le sang chaud coule sur mon visage lavé par la pluie. Les éclairs déchirent le ciel. Soudain, une bourrasque fouette la mer, qui recouvre le pont et pénètre dans nos cales. Tout autour de nous, ce n'est plus que bouillonnement et furie. De monstrueuses vagues déferlent en hurlant sur le pont, brisant tout dans leurs éclats. À mes côtés, King se recroqueville sur lui-même, accroché à la barre. Je rampe dans sa direction. « KING ! KING ! » Il m'entend, se lève et me tend la main. Je dois coûte que coûte m'agripper à lui ! Mais une déferlante plus forte que les autres enfonce l'avant du bateau. Je suis précipité à travers le pont, puis entraîné par le reflux de l'immense vague, qui m'attire inexorablement vers la mer. La force du courant est irrésistible, je vais tomber à l'eau ! King se détache de la barre et plonge vers moi ; mais il est à son tour happé par le courant. Nous allons nous noyer tous les deux ! Soudain, une seconde vague vient frapper le *Resolution*, qui retrouve son équilibre pour un très bref instant. King et moi, nous nous précipitons vers les cales. Nous sommes sains et saufs !

Puis l'orage se tait enfin. Le vent est toujours très fort, et nous sommes tous choqués par les terribles heures que nous venons de vivre. Mais, sans attendre, nous virons de bord, direction nord-nord-est. Cap sur la Nouvelle-Zélande !

Après plusieurs mois en mer, l'humidité s'est

installée dans tout le navire. Elle ronge les cordes, gonfle le bois des portes et nous fait tous baigner dans une atmosphère glaçante. Les planchers sont en permanence recouverts d'une fine couche de moisissure. De minuscules champignons s'installent dans nos chaussures et colonisent tous les objets en cuir. Ah ! Ce que j'attends avec impatience les chaleurs des rivages de la Nouvelle-Zélande !

Je me souviens du jour où j'ai découvert mon ordre de mission qui m'a conduit à mener cette folle expédition. Avant de quitter l'Angleterre, je ne savais qu'une chose : l'objectif de ma mission était un secret si bien gardé que même moi, le capitaine, ne pourrais le découvrir qu'après mon départ en mer ! Ce soir-là, nous étions à quelques heures de Plymouth. C'était une nuit sans lune, particulièrement sombre et inquiétante. J'ai brisé d'un coup sec de la lame de mon canif le sceau de l'Amirauté qui fermait l'enveloppe et me suis plongé dans les secrets de ma destinée...

Le Pacifique Nord ! Je n'en croyais pas mes yeux ! J'ai découvert avec stupeur l'immense voyage que nous allions entreprendre. L'Amirauté nous envoyait dans le Pacifique Sud, aussi près du pôle que nous le pouvions, puis la Nouvelle-Zélande, Tahiti... et enfin l'interminable remontée vers le Nord, jusqu'aux glaces de l'Arctique ! Nous en traverserions les barrières glacées pour ensuite passer de l'autre côté, vers l'océan Atlantique, et rejoindre l'Angleterre par le nord ! Sur le moment, cette mission me sembla impossible. Étaient-ils devenus fous, à l'Amirauté ? Il n'existe pas de passage qui puisse nous permettre de nous frayer un chemin à travers les icebergs du pôle Nord !

Je me suis alors précipité dans la Grande cabine pour y chercher des cartes. De retour dans mes quartiers, je me suis installé sur mon hamac. J'ai glissé lentement mon doigt sur la route imaginaire de mon bateau : départ d'Angleterre, escale au sud de l'Afrique ; puis je descends vers l'Antarctique, je passe sous l'Australie, j'arrive en vue de la Nouvelle-Zélande, je gagne les îles de l'Amitié[1] et Tahiti.

1. *Aujourd'hui appelées les îles Tonga.*

Après, c'est à peu près l'inconnu. J'ai alors tracé une ligne imprécise vers le nord, le long des côtes de l'Amérique. Tout en haut de la carte, je me suis arrêté au détroit de Behring. Perplexe, je ne savais plus où aller. Encore quelques centimètres vers le nord ? Où suis-je ? La mer, la glace ? Pourrons-nous passer ? Vers l'est ou vers l'ouest ? « Bah ! me suis-je dit, résigné, je le saurai dans moins de trois ans... si tout va bien jusque-là ! »[1]

Pourtant, pour la première fois de ma vie, une mission me paraissait impossible à réaliser ! Je n'ai pas pu trouver le sommeil cette nuit-là. J'étais à la foi abasourdi et accablé par l'incroyable difficulté de l'expédition que je devais mener. J'avais décidé de ne rien dire à mes hommes avant d'avoir quitté Tahiti. Ainsi, je ne risquais pas de les voir tous déserter dans les collines boisées de la baie de Matavaï, au bras de jolies Tahitiennes ! Le lendemain, je me suis levé la tête lourde et de très mauvaise humeur...

1. *Voir la carte du voyage au début de l'ouvrage.*

De retour du grand Sud, nous frôlons donc les rivages de l'Australie, cinglant au plus court vers la Nouvelle-Zélande. Lors de mon dernier voyage, j'avais découvert ces terres et leur faune incroyable. Je me souviens d'un animal étrange, une sorte de souris géante, de plus d'un mètre de hauteur ! Elle se tenait souvent assise sur ses deux pattes arrière. Pour se déplacer, elle effectuait de longs sauts rapides et répétés. Nous avons beaucoup ri de ces grosses souris bondissantes. Mais elles nous réservaient une surprise encore plus extraordinaire. Nous avions remarqué l'une d'entre elles, plus grande que les autres, et avions décidé de la capturer. Après une course folle, épuisé, l'animal s'est laissé prendre dans nos filets. C'était une femelle qui portait ses petits... dans une poche située sur son ventre ! C'était vraiment étonnant, cela ne ressemblait à aucune autre espèce que nous connaissions. J'ai demandé à un indigène quel était le nom qu'il donnait à ce magnifique animal. Il ne semblait pas comprendre ; j'ai insisté, mimant de façon grotesque la démarche de la grosse souris, les deux mains rassemblées comme une poche sur mon ventre. D'un air las, il m'a alors répondu : « Kangourou ! Kangourou ! » Ce qui voulait dire : « Je ne sais pas ! » Malgré tout, je décidai alors d'appeler ainsi l'étrange animal sauteur : le « Je-ne-sais-pas ».

Cet après-midi, le ciel est blanc, nous baignons dans une lumière laiteuse comme un jour de brouillard en montagne. La vigie signale une terre vers le nord-est. Ça y est, nous arrivons en vue de la Nouvelle-Zélande. Je mets la barre au nord-est-est, vers le cap Farewell. Demain, si le vent ne mollit pas, nous devrions jeter l'ancre dans le canal de la reine Charlotte.

Chapitre 2

Dès que je pose le pied sur le sol de la Nouvelle-Zélande, l'humidité me prend à la gorge. J'ai du mal à respirer, l'air est chaud, chargé d'odeurs lourdes et épicées de la côte. Quelle sensation intense, de fouler enfin la terre ferme ! Cette terre dont tous les marins rêvent, celle qui nous apporte l'indispensable et doux sentiment de stabilité sans lequel nous deviendrions fous après des mois sur nos bateaux dansant sur les flots. Au bout de quelques pas, je reprends le rythme habituel de ma respiration et je lève les yeux vers la forêt vierge qui nous entoure. Au loin, de longs nuages blancs se confondent avec les neiges éternelles des sommets de l'île.

Je compte rester en Nouvelle-Zélande quelques semaines. Nous construisons notre camp sur la plage. Les menuisiers montent une palissade, tandis que les hommes installent des tentes, coupent du bois, lavent leurs vêtements ou dorment à même le sable. Un détachement de soldats et de marins s'apprête à quitter le camp pour ramasser de l'herbe fraîche pour le bétail, tandis que d'autres remettent le navire en état. Les savants sont à quatre pattes ou le nez en l'air ; ils observent, dessinent, calculent des distances ou recueillent des insectes et des plantes. Alwynn, le cuisinier, a rangé ses poêles pour se transformer en barbier. Une longue file d'hommes patiente devant la cuisine. Les uns après les autres, les marins viennent, pour quelques pièces, se faire couper les cheveux et raser de près.

Soudain, un jeune mousse fait irruption sous la tente du cuisinier.

— Monsieur ! crie-t-il, le taureau, le taureau ! Il y a un problème !

Alwynn lâche son rasoir et se précipite sur le rivage. Tous les hommes s'y pressent. À quelques encablures, des marins, commandés par le quartier-maître Bligh, s'aident d'un palan pour transborder un taureau des cales du *Resolution* à la plus grosse des chaloupes. Mais l'animal se débat, une corde lâche, et le taureau glisse hors de son harnais. Bon sang ! Il va tomber ! Alwynn hurle, il faut cesser de le hisser et le ramener lentement à bord.

— Arrêtez ! Arrêtez de tirer ! Descendez-le, DESCENDEZ-LE !

Mais il est trop tard, les derniers liens qui soutiennent l'animal cèdent. Alwynn crie une dernière fois. Le taureau, affolé, se cabre dans les airs et disparaît entre la coque du *Resolution* et la chaloupe, englouti par les eaux de la baie.

Alwynn est très touché par la perte du taureau, qui s'est noyé. Il ne nous reste alors plus que deux vaches, quelques cochons et une dizaine de poules. Nous avons pu repêcher le corps du taureau, qu'Alwynn et les mousses ont aussitôt préparé et cuit dans un grand feu sur la plage. Les hommes se régalent ; mais nous mangeons là un de nos biens les plus précieux. Les deux vaches sont désormais seules, et jamais nous n'aurons de veau...

Depuis quelques jours, trois immenses poissons de plus de quatre mètres d'envergure rôdent autour du *Resolution*. Ils ressemblent à de grands oiseaux gris-bleu, des oiseaux aquatiques plus grands que des chevaux ! Anderson, le naturaliste, a tout de suite su les nommer, « des raies manta ». Ces animaux sont d'une beauté éblouissante, ils volent dans l'eau, rasant le sable du fond. Nos visiteurs tournent autour du navire, puis s'en vont vers le large et reviennent plusieurs heures plus tard. Le peintre, Webber, s'est précipité sur ses pinceaux. Ces dessins sont très réalistes ; Banks, le chef des scientifiques, les garde soigneusement pour les présenter à notre retour à ses pairs du Muséum d'histoire naturelle.

À chaque escale, le ventre contre terre, le nez au ras du sol, Banks recueille des feuilles, des racines, des glands, des fruits et tout ce qui peut sortir de terre. Il les fait ensuite sécher, puis il les classe méticuleusement dans ses cahiers. Il a même prévu cinq volumes pour collectionner des algues !

De son côté, William Anderson dispose dans la bibliothèque de la Grande cabine de toutes petites boîtes en bois. Sur chacune, il colle une minuscule étiquette bordée d'un mince filet bleu sombre. C'est là qu'il range sa collection d'insectes et de petits animaux. Encore un scientifique qui passe ses journées à quatre pattes ! Anderson ressemble un peu aux animaux qu'il étudie. C'est un jeune homme très maigre, ses doigts sont osseux et blancs, leur peau presque transparente leur donne un aspect fragile ; on dirait des pattes d'araignée. Lorsqu'il parle, ses mains s'agitent devant lui comme deux animaux savants qui viendraient faire un numéro de cirque avec leur maître.

L'astronome, John Adams, lui, ne ramasse rien : au contraire, son regard est toujours tourné vers le ciel. Lorsque nous dormons tous, quand le ciel est sombre et qu'apparaissent les constellations de l'hémisphère Sud, Adams passe toutes ses nuits l'œil collé à son télescope. Il reste ainsi, presque immobile, des heures entières, à chasser les étoiles et les planètes.

Le dernier membre de l'équipe scientifique est le peintre John Webber. Il est aussi célèbre pour ses terribles colères que pour ses croquis. Il dessine tout ce que nous découvrons : les îles, les arbres, les fleurs, les animaux, mais aussi les habitants, leurs habits, leurs outils, leurs maisons, leurs bateaux... Webber est la mémoire visuelle de l'expédition.

Je ne dors jamais à terre, mais à bord du *Resolution*, dans ma petite cabine. Depuis quelques jours je profite de notre escale pour y remettre de l'ordre après la tempête. Les livres de bord, les atlas, les cartes, les instruments de navigation : tout est de nouveau à sa place. Mon compas est posé sur le pupitre, son cuivre brille dans l'ombre et je ne peux m'empêcher d'effleurer son reflet doré. Le soir, dans mon hamac, j'aime me laisser bercer par le lent mouvement du bateau sur la houle. J'attrape la corde du hamac, passe mon pied droit sous ma jambe gauche, prends appui sur la paroi en bois de la coque et souffle la bougie posée sur ma commode, juste à la hauteur de ma tête. C'est dans cette position que je m'endors, tordu et écrasé par la fatigue.

Ce soir, en m'allongeant sur mon hamac, je ne trouve plus le médaillon que m'a offert Elizabeth le jour de mon départ et que j'ai suspendu à un clou. C'est un petit bijou, avec le portrait de ma femme en miniature. Elle a sa robe bleue, ses cheveux étaient défaits. L'artiste a formidablement bien saisi son regard, un peu dans le vague, la peau de son visage, très blanche, et ses lèvres à peine rosées.

Un peu plus tôt, King et Omaï sont venus me voir dans ma cabine, ils souhaitent partir tous les deux en expédition dans les terres à la rencontre des indigènes. Omaï est un Tahitien qui a sympathisé avec Thomas Furneau, second capitaine de ma dernière expédition. Furneau l'a ramené en Angleterre, où Omaï eut beaucoup de succès à la cour. Mais quand Omaï a appris mon départ pour Tahiti, il a saisi l'occasion de rentrer chez lui.

King juge indispensable d'établir un contact avec les habitants de Nouvelle-Zélande, de les observer et de passer quelque temps avec eux. Il veut partager leur vie quotidienne, savoir ce qu'ils mangent, comment ils chassent, s'ils ont des chefs, un roi, des prêtres, des lois, une morale, une religion... Omaï, lui, veut étudier leur langue, qu'il connaît déjà un peu. Il souhaite aussi comprendre leur système mathématique, savoir comment ils comptabilisent les choses, comment ils comptent les levers et les couchers du soleil et le temps qui passe.

Bon sang ! Je ne sais pas comment ils s'y

prennent pour me convaincre, mais je laisse King et Omaï partir dans la jungle sans escorte... Je devais payer cher cette erreur...

À six heures le lendemain matin, King et Omaï partent pour leur expédition ethnologique. Mais, vers neuf heures, le Tahitien rentre seul au camp. King s'est fait capturer par des cannibales ! Il va se faire dévorer ! Williamson donne l'alerte, tous les hommes se rassemblent, c'est le branle-bas de combat. Nous nous attendons à une attaque des indigènes. Les canons du *Resolution* sont armés et tournés vers la plage. Douze soldats de marine s'équipent, nous nous préparons à délivrer King. Par le diable ! Ces sauvages me rendront mon second !

Heureusement, Omaï s'interpose et me supplie de ne rien entreprendre. Il a raison, la fureur m'aveugle. Une expédition punitive dans la jungle ne ramènerait pas King, et elle nous conduirait à une mort certaine sous les flèches empoisonnées des indigènes. Les habitants de l'île n'ont pas capturé King pour en faire un repas, mais plutôt pour le garder comme esclave.

D'après Omaï, le seul espoir de le revoir vivant est de l'échanger contre un bien encore plus précieux. Il est donc parti seul, emmenant avec lui l'une de nos vaches et quelques poules. Il va tenter de racheter King à ses ravisseurs...

Minuit... Cela fait plus de sept heures qu'Omaï a quitté le camp, et nous n'avons toujours pas de nouvelles. Les hommes sont nerveux, ils tentent de me convaincre d'organiser une expédition contre les villages indigènes les plus proches du campement pour prendre en otages des femmes et des enfants. Je réussis, avec peine, à les retenir...

Chapitre 3

Les nuits à bord sont plus fraîches qu'à terre, où l'air est lourd et poisseux. Je m'installe sur le pont du *Resolution* dans l'espoir que la fraîcheur m'aidera à trouver le sommeil. Mais l'inquiétude me maintient à moitié éveillé. Je somnole et écoute distraitement les bruits du camp sur le rivage. Peu à peu, le silence gagne la baie, à peine troublé par les cris des oiseaux... Je m'endors.

Ce sont les rayons du soleil qui me réveillent. Mon corps est encore engourdi par l'humidité de la nuit. Sur la plage, le campement est assoupi. Soudain, une clameur éclate. Elle arrive jusqu'au navire. Les hommes du camp se précipitent vers deux silhouettes qui émergent des sous-bois. King et Omaï ! Ils ont réussi ! Ils sont saufs ! La foule des marins s'agglutine autour d'eux. Je ne les distingue plus, ils sont noyés dans une forêt de bras et de visages enthousiastes.

Ce soir-là, vers dix heures, j'ai réuni tout l'équipage sur le pont du *Resolution.* Alwynn a percé un tonneau de rhum, et tous les hommes, sont saouls, y compris moi ! C'est certainement l'une de nos plus belles soirées. Jusqu'à l'aube, installés sur l'escalier qui mène à la barre, Omaï et King nous ont raconté leur aventure.

Les deux hommes ont quitté le campement. King marche en avant, à quelques centaines de mètres d'Omaï. Leur progression dans la jungle est très lente, mais depuis quelques minutes ils suivent un sentier qui semble les mener jusqu'au sommet d'une colline habitée. Soudain, King se trouve nez à nez avec une dizaine de guerriers. Leurs visages et leurs corps sont entièrement couverts de tatouages. De fines rayures noires soulignent leurs traits, les rendant menaçants.

Ils tiennent des lances et de longues machettes, qu'ils appellent patou-patou. Leurs yeux exorbités sont fixés sur King.

King est pétrifié par la peur. Il essaie de crier... mais pas un seul son ne sort de sa bouche grande ouverte. Le rythme de son cœur s'accélère, et son battement affolé gagne peu à peu toute sa poitrine. Il tente de reprendre ses esprits, et n'arrive qu'à esquisser un sourire grimaçant aux indigènes... qui se jettent sur lui ! Très vite, King ne voit plus rien, n'entend plus rien, ne sent plus rien...

À son réveil, King gît à terre dans une hutte. Du sang séché colle ses cheveux et souille sa chemise. Ses geôliers ne l'ont pas attaché ; il tente de se lever, mais perd immédiatement connaissance. Lorsqu'il revient à lui, une dizaine d'enfants, qui ont écarté les branches de la hutte, le dévisagent en pouffant de rire. Un guerrier les chasse et s'adresse à King, l'air très agressif. King lui répond avec les quelques mots de tahitien qu'il connaît, mais cela rend le Maori encore plus furieux. Il crache au visage de King et le laisse seul dans sa prison.

King reste prostré pendant de longues heures. Sa blessure à la tête ne saigne plus, mais il a perdu beaucoup de sang et peut à peine bouger. Une femme lui apporte un peu d'eau et des fruits. Il boit, mange et s'endort. Soudain, une grande agitation traverse le village. Les hommes crient, les femmes courent se réfugier dans leurs huttes avec les enfants. King se traîne pour écarter les feuilles de palmier et regarde à l'extérieur. Que se passe-t-il ? C'est Omaï ! C'est lui ! Il vient le chercher !

Omaï s'est peint le visage. Il a abandonné ses habits européens et ne porte qu'un pagne noué autour de la taille. Il conduit une vache et tient une poule dans chacune de ses mains. Sans dire un mot, il s'avance vers le centre du village. Petit à petit, les guerriers se rassemblent jusqu'à l'encercler complètement, pointant leurs lances sur lui. Omaï s'immobilise, ses deux poules à bout de bras. L'un des hommes s'approche de la vache et la pique de la pointe de son arme. L'animal pousse un terrible meuglement, effrayant le guerrier. L'un des Maoris fait quelques pas vers Omaï. C'est un des chefs du village. Le regard fixe, les muscles du visage noués par la tension, il est à présent à quelques centimètres du Tahitien. Omaï lui tend les deux poules, puis la corde de la vache. L'homme les saisit sans rien laisser paraître de ses sentiments. Omaï désigne alors la prison du lieutenant King. Mais, soudain, le chef brandit sa lance au-dessus de la tête d'Omaï et l'enfonce dans le cou de la vache, qui s'effondre dans un terrible cri ; et c'est la curée. Tous les hommes se jettent sur elle, la transperçant de leurs armes. Omaï se précipite vers King, laissant la vache à son supplice. Elle va être dévorée vivante ! Délivré par son compagnon, King s'échappe de sa prison. Avant de disparaître dans la forêt, les deux amis lancent un dernier regard vers le village. Ils aperçoivent alors le chef des indigènes qui leur fait un signe. Les deux poules et la vache semblent lui suffire pour rançon...

Chapitre 4

Six semaines que nous avons quitté la Nouvelle-Zélande et ses habitants sanguinaires. Je mets le cap au nord-ouest pour rejoindre les îles de l'Amitié, puis Tahiti. J'évite de tracer une route directe, dans l'espoir de découvrir de nouvelles îles.

Nous voguons dans les eaux les plus belles et les plus agréables du globe. Les vents sont doux, et la mer est limpide. La vie à bord est paisible, les manœuvres sont simples et faciles. Webber, le peintre, profite de ces moments de calme pour faire le portrait de chacun des membres de l'équipage. Il s'est installé sur le pont et dessine les marins qui jouent aux dés.

Tout à coup, Bligh, le quartier-maître, se lève, arrache le carnet de dessin des mains de Webber et le lance à la mer. Sans hésitation, Webber, les poings en avant, se précipite sur Bligh, mais celui-ci a déjà tiré un poignard de sa ceinture !

Webber trépigne de rage, impuissant face à la lame de son adversaire. Bligh est probablement encore saoul. Il perd depuis trop longtemps aux dés et cherche un bouc émissaire.

— C'est la faute à c't'artiste si j'ai pu la main, j'vais l'saigner comme un porc le gros Webber, vous allez voir les gars ! hurle-t-il.

Webber est blême, le poignard de Bligh se trouve à quelques centimètres de son cou ; il va lui trancher la gorge.

Les marins ne rient plus, Bligh a complètement perdu la raison. Son unique œil injecté de sang, ivre et pleine de haine, la brute s'apprête à tuer le peintre !

Je n'ai plus qu'une solution. Du haut du pont arrière, j'arme mon mousquet, je tends le bras en direction du borgne, et, bang ! le coup de feu claque. La balle effleure la tête de Bligh et se loge avec un bruit sec dans le bois du grand mât... Il tourne le visage dans ma direction, l'air ahuri, tandis que je recharge mon arme. Je crie :

— Maintenant, monsieur Bligh, c'est vous qui décidez : soit vous lâchez votre poignard, soit ma prochaine balle est pour votre crâne ! Je vous écoute, Bligh !

Je n'ai pas d'autre choix. Je suis très calme, bien décidé, s'il le faut, à abattre Bligh dans les secondes qui suivent. Je sais, sur un navire marchand, jamais un capitaine n'aurait tué son quartier-maître pour sauver un simple passager, fût-il peintre. Mais c'est ainsi ; sur le *Resolution*, personne ne tuera personne, sauf moi, pour maintenir la loi et protéger mon équipage de sa propre violence. J'ai besoin d'hommes civilisés pour aller là où nous allons...

Bligh n'a toujours pas lâché son arme, je commence à presser la détente. Il baisse alors la tête et écarte le poignard de la gorge de Webber. Puis, d'un geste vif, il le lance vers moi, la lame s'enfonce dans le pont, à deux pouces de ma botte gauche ! Sans me regarder, Bligh descend vers la cambuse, entouré par quelques hommes qui lui sont fidèles. L'épisode est clos, mais n'annonce rien de bon. La suite des événements confirmera mes craintes...

Ma confrontation avec Bligh a réveillé mon mal de dos. Je passe la soirée couché sur le sol de ma cabine. Williamson, le chirurgien, me donne des plantes qui calment un peu la douleur. Omaï vient me voir et me promet qu'à notre arrivée à Tahiti il m'enverra des femmes pour me masser le dos, des sortes de guérisseuses. Par le diable ! Vivement Tahiti !

Nous sommes en vue des premières îles de l'archipel de l'Amitié, que j'ai découvert lors de mon précédent voyage. Je mets le cap vers l'île d'Annamouka, où je sais que nous pourrons facilement trouver un havre et nous ravitailler. L'eau qui entoure cette terre longue et plate est chaude et incroyablement transparente ; le fond est recouvert d'un sable au gros grain de corail. Vu du rivage, le navire, ancré dans la baie, semble flotter dans les airs tant la mer est limpide.

Quelques heures après notre arrivée, je me rends, avec King, Williamson et Omaï, au palais du roi Toubou. Ce n'est pas un palais comme nous pourrions l'imaginer chez nous, en Europe, mais plutôt une très grande case construite au milieu d'un immense jardin de palmiers, de bananiers, d'arbres à pain et de toutes sortes de fleurs et plantes exotiques. Le palais est entouré d'une magnifique pelouse. Sa densité, sa couleur et sa texture rendraient jaloux les plus grands spécialistes anglais. Les jardiniers du roi Toubou ont accompli ici un véritable exploit !

Toubou nous attend, droit comme un arbre, planté au milieu de sa pelouse. À notre arrivée dans la clairière, il nous rejoint rapidement et se poste juste à son bord. Avant que nous foulions l'immense tapis vert, il exige que nous nous déchaussions ! Ensuite, à quelques mètres de l'entrée du palais, Toubou insiste pour que nous essuyions nos pieds avant de pénétrer chez lui ! Respectueusement, King, Williamson, Omaï et moi frottons longuement nos pieds nus sur l'herbe soyeuse.

Nous entrons enfin dans la case royale... Il y fait frais. Mes yeux mettent quelques minutes pour s'habituer à la pénombre. Le sol est recouvert de nattes tissées. Dans un coin se tiennent des femmes à demi nues qui viennent nous proposer à manger et à boire. Elles nous apportent sur de larges feuilles de palmier des morceaux de cochon grillé et toutes sortes de fruits. Je croque avec délectation dans une galette faite avec de la farine de fruits de l'arbre à pain, grillée et parfumée à la noix de coco.

Nous sommes assis en face du roi. Toubou est très agité et semble expliquer à Omaï quelque chose d'extrêmement important. Je grignote des fruits, attendant qu'Omaï traduise les paroles de Toubou. Enfin, au bout d'un interminable discours, le flot de paroles tarit et le roi laisse Omaï parler. Toubou vient d'annoncer à Omaï qu'il souhaite donner une grande fête en mon honneur. Elle aura lieu dans trois jours, en présence du grand roi Finou, qui règne sur toutes les îles de l'Amitié. Mais Toubou est très inquiet. Il craint que je refuse son invitation...

Omaï insiste. Il faut absolument que je donne mon accord... Je ne dois en aucun cas vexer notre hôte, car nous avons besoin de nous ravitailler en eau douce et en nourriture dans son pays. J'ai bien compris. Je remercie Omaï avec un sourire entendu et me lance dans une tirade dithyrambique en anglais sur le roi Toubou, son île, son palais et annonce ma venue à sa réception. J'y ajoute de nombreux signes qui, je l'espère, lui font comprendre que le représentant de Sa Majesté le roi George serait très heureux de fouler de nouveau l'herbe de son auguste pelouse !

Le roi Toubou, qui ne comprend pas un mot de mon discours, semble très impressionné. Sans attendre la traduction d'Omaï, il se lève, nous signifiant ainsi la fin de notre entrevue.

À mon retour sur le *Resolution*, Joseph Banks, le chef des scientifiques de l'expédition, entre dans ma cabine sans frapper, le regard exalté, et me tend une boîte en bois.

— Regardez, capitaine, c'est extraordinaire, me dit-il en soulevant légèrement le couvercle.

Je découvre alors un très gros papillon. Je n'en ai jamais vu de si grand ! Ses ailes veloutées noires sont barrées de bandes vert vif. Elles ne ressemblent pas à des ailes de papillon, mais plutôt à celles d'un oiseau ! Banks sort l'insecte de sa boîte avec une extrême précaution et le pose sur mon pupitre. Il est vraiment énorme ! Son envergure doit être de plus de trente centimètres, la taille d'un pigeon. Banks est persuadé d'avoir découvert le plus grand papillon de jour au monde[1] ! Mais, soudain, le papillon sort de sa torpeur. Il s'échappe des mains de Banks et s'envole ! Affolé, il tourbillonne dans la cabine.

— Baissez-vous, baissez-vous, Capitaine ! Ne le touchez pas, vous risquez de l'abîmer ! hurle Banks.

Nous nous jetons au sol pour éviter le papillon, qui vole autour de nos têtes. Affolé, il cherche à sortir ; mais il n'y a pas d'issue, le hublot est fermé. Banks saisit l'une de mes chemises et attrape délicatement le papillon, qui retrouve sa boîte. Hélas, bientôt, Banks l'endormira pour toujours,

1. *Il s'agit d'un* Ornithoptera priamus poseidon, *le plus grand de tous les papillons de jour, que l'on trouve en Asie du Sud-Est, en Australie et dans les îles tropicales.*

et le merveilleux spécimen rejoindra la prestigieuse collection du Muséum d'histoire naturelle de Londres.

Je me bats avec le bouton de col de mon uniforme d'apparat quand Williamson vient me chercher.

— Il est l'heure, capitaine ! Omaï et King vous attendent, nous sommes prêts, me crie-t-il à travers la porte de ma cabine.

Au diable ce bouton ! J'ouvre la porte et pousse Williamson dans l'escalier :

— Allons-y ! Passez devant, je vous suis !

Je me cale dans le fond de notre yole, qui s'éloigne rapidement du *Resolution* pour s'enfoncer dans la nuit sombre d'Annamouka. Je n'arrive pas à me débarrasser d'un mal de tête qui me poursuit depuis plusieurs jours, et je rumine en silence ma mauvaise humeur. Au fur et à mesure que nous approchons du rivage, j'aperçois des torches de plus en plus nombreuses sur la plage. Les hommes du roi Toubou sont là.

D'ordinaire, j'aime ces moments étranges où je me confronte à un inconnu plus riche que mon imagination. Mais ce soir-là, j'ai l'esprit ailleurs. Je ne comprends plus pourquoi, depuis des années, je passe ma vie sur les océans du monde. Quelle arrogance ! Je parcours le Pacifique d'île en île, sûr de ma mission. J'en prends possession et les ajoute les unes après les autres sur les cartes de la flotte de Sa Gracieuse Majesté le roi George ! Cela me semble si vain soudain ! Pourtant, au fond de moi-même, j'ai toujours l'étrange intuition que tout ceci, s'il est respectueusement mené, pourrait un jour servir l'humanité.

Nous pénétrons à la suite de nos guides dans l'étouffante végétation de la forêt. Çà et là, cachés dans l'obscurité, je devine des visages grimés d'hommes qui nous suivent. Ils sont de plus en plus nombreux à nous accompagner, marchant sans un bruit dans l'humidité des sous-bois. Je commence à regretter de n'avoir pas écouté King. J'aurais été plus tranquille si nous avions été accompagnés par quelques soldats. King et Williamson jettent des regards inquiets autour d'eux...

Nous sommes arrivés. Ils doivent être plus de mille ! Tous assis, formant un grand cercle, au milieu duquel brillent des dizaines de feux. Le grand roi Finou se lève à mon arrivée. À cet instant, le silence se fait complètement, et mon mal de tête disparaît comme par enchantement. Je salue donc mes hôtes, de très bonne humeur. Le grand roi Finou parle peu et doucement. Toubou s'assoit à mes côtés ; le brouhaha de la fête reprend... ma migraine aussi !

Omaï est assis à ma droite. Il traduit les paroles de Toubou et de Finou. King et Williamson se tiennent à quelques mètres en retrait derrière nous. Pendant de longues minutes, de jeunes femmes déposent à mes pieds des grandes quantités de fruits de l'arbre à pain, d'ignames, de noix de coco, de morceaux de canne à sucre, et même des tortues grillées. Enfin, le spectacle commence. Des hommes exécutent des danses guerrières, rythmées par le roulement de tambours. Impitoyables pour mon mal de tête ! Puis des combats se succèdent, accompagnés par les chants des femmes. Je sens l'excitation gagner la foule. Depuis quelques minutes, des hommes se livrent deux par deux à des combats sanglants. Les adversaires sont armés d'une masse, d'une hache ou d'une machette. À l'issue d'un assaut, ils sont souvent gravement blessés, certains meurent ! Le vainqueur est récompensé par Finou, qui lui offre un petit cochon.

Soudain, je ne peux réprimer un cri d'étonnement. Bon sang ! S'avançant vers le centre du cercle, ce sont maintenant deux femmes qui viennent se battre ! L'une est plutôt petite ; l'autre la dépasse de près de deux têtes. La clameur de la foule est de plus en plus forte. Les spectateurs hurlent pour galvaniser les deux combattantes. D'un seul coup, sans prévenir, elles se jettent l'une contre l'autre avec une violence incroyable. La plus grande déchire la tunique de son adversaire, qui est maintenant complètement nue ! Mais celle-ci n'y prête pas attention et frappe son ennemie d'un terrible coup au visage. Le sang gicle jusqu'à mes pieds. La plus grande tombe, la face ensanglantée contre le sol, vaincue par ce petit bout de femme !

Le grand roi Finou ordonne que l'on cesse les combats. Je passe le reste de la nuit à manger et à boire. Mon mal de tête m'a définitivement quitté.

Ces derniers jours, les scientifiques sont partis pêcher dans les lagons des petites îles qui constituent l'archipel de l'Amitié. Banks et son équipe pensent qu'une faune et une flore marines singulières peuvent prospérer dans ces eaux calmes et chaudes. Hier, ils ont ramené dans leurs filets une étrange méduse, parfaitement translucide, qui n'a pas de tentacules défensifs piquant au toucher. C'est la première fois que Banks remarque un pareil cas. Anderson a pesé la bête à sa sortie de l'eau, puis l'a laissée se dessécher au soleil. Après quelques jours, il a analysé les restes de la méduse. D'après lui, celle-ci se compose de 95 % d'eau, 4 % de sel et 1 % seulement de matière organique ! Anderson décide de consacrer tout son temps à ce mystérieux animal et de percer l'énigme de cette méduse qui ne pique pas.

Chapitre 5

Tahiti ! À notre arrivée, la baie d'Oteitepeha est sous la pluie. L'odeur de la terre humide et chaude parvient jusqu'à ma cabine. Dehors, les branches des palmiers ploient sous le poids de l'eau, ce qui leur donne un air un peu triste. Je me réjouis de cette pluie. L'eau douce va laver le sel qui s'accroche aux structures, ronge les câbles et les voiles du *Resolution*.

Je n'ai encore rien dit aux hommes, mais je ne compte pas rester longtemps ici. Nous ne relâchons à Tahiti que quelques jours, le temps d'installer Omaï chez lui et de nous ravitailler ;

puis je mets le cap plein nord ! Nous remonterons le Pacifique le long des côtes de l'Amérique du Nord, jusqu'aux glaces du détroit de Behring. Nous naviguerons alors là où aucun d'entre nous n'est jamais allé !

Omaï reste fièrement assis dans un fauteuil en bois décoré, cadeau de lord Sandwich. Il pose pour Webber, avec sa nouvelle maison en arrière-plan. Le peintre exécute un rapide croquis, puis un autre, et encore un autre... Tout le monde veut le portrait d'Omaï, et Webber est submergé de

commandes. Les menuisiers du *Resolution* ont fait du bon travail. La nouvelle habitation d'Omaï est très belle. Une demeure digne d'un chef, avec un bâtiment central et deux ailes, le tout de plainpied. L'intérieur est meublé dans le plus pur style anglais : des chaises et des tables de chêne, une horloge, de lourds rideaux... Plutôt curieux comme décoration !

Tahiti est derrière nous. Par un après-midi d'orage, une brise régulière nous pousse hors de la baie de Houahine. Je laisse là avec tristesse un

ami. Omaï a voulu rester le plus longtemps possible avec nous, et ce n'est qu'à la sortie de la baie qu'il quitte le bateau. King le reconduit au rivage sur une chaloupe. Puis nous affalons les grand-voiles, et le *Resolution* gagne le large. Je salue longuement Omaï, jusqu'à ce qu'il devienne une minuscule silhouette sur la plage... Je dis adieu à un ami, pour toujours.

Tard dans la soirée, Williamson descend me chercher dans la Grande cabine, où King et moi travaillons sur les cartes. Il est tout rouge ; le souffle coupé, il ne parvient même plus à articuler correctement.

— Capitaine, me dit-il, il faut que vous montiez, venez là-haut, ils veulent le pendre !

Sur le pont, tous les hommes ont abandonné leur poste. Au pied du grand mât, le mousse Nicolas est au sol, les pieds et les mains liés. L'équipage l'entoure, haineux.

— Qu'on le pende ! Voleur ! Jetez-le par-dessus bord !

Le mousse est en larmes et répète sans cesse :

— Ce n'est pas moi, ce n'est pas moi ! Je l'ai

trouvé par terre, je le jure ! Ce n'est pas moi, laissez-moi, laissez-moi.

King sort son mousquet et tire un coup de feu en l'air.

— Silence ! Que se passe-t-il ici ?

Le lieutenant Williamson nous explique la situation. Les hommes de quart ont trouvé une chaîne en or autour du cou du mousse. Ils pensent qu'il l'a volée. Dans la main de Williamson brille la chaîne du médaillon d'Elizabeth ! Incroyable ! C'est donc le jeune Nicolas qui me l'avait volée. Immédiatement, deux soldats de marine soulèvent le mousse et le jettent dans la cale.

Les hommes se sont cotisés pour acheter une bouteille de rhum à Alwyn. Comme le veut la coutume, Nicolas la recevra après son châtiment. Les marins ne parlent que de cela.

— Cent coups ! C'est quand même beaucoup pour un si jeune gars !

À midi, les claquements du fouet vont faire éclater la peau du dos du jeune mousse, ses cris de douleur envahiront le navire. Ensuite, s'il survit, il reprendra sa place dans l'équipage...

Sinon, son corps sera jeté par-dessus bord... Le jeune Nicolas va probablement mourir pour m'avoir volé une petite chaîne et un médaillon. Mais que puis-je faire ? Je dois maintenir la discipline à bord, je n'ai pas de choix.

Chapitre 6

Encadré par deux soldats, le mousse Nicolas Jones est jeté sur le pont. Son visage est blême, il a les yeux mi-clos, éblouis par la lumière après sept jours passés dans la pénombre de sa geôle. Il marche lentement vers le bourreau, traînant ses fers au sol. Il a beaucoup maigri. Effrayé, il regarde l'homme qui se dresse devant lui, et son menton tremble.

L'équipage se tait. Nicolas enlève sa chemise souillée par l'humidité des cales. Docile, il s'allonge sur le tonneau, où l'autre l'attache, le dos exposé au soleil qui mord sa peau blanche et fragile d'enfant. Le bourreau n'attend plus qu'un geste de ma part pour commencer. À côté de moi, Webber ouvre son cahier à la recherche d'une page vierge pour dessiner la scène. Mes yeux s'attardent distraitement sur les dessins qui défilent devant moi, quand, soudain, mon regard accroche un portrait d'Omaï. J'arrache le cahier des mains de Webber. Je suis hypnotisé par le croquis ; je n'arrive pas à m'en détacher. C'est Omaï, le jour de notre départ de Tahiti. Il nous dit au revoir. Il est souriant et semble heureux de retrouver sa terre natale. Webber a dessiné avec une extrême précision le bijou accroché à une lanière de cuir qui pend à son cou. C'est le médaillon d'Elizabeth !

Je m'approche de Nicolas. Je lui tends une couverture de laine, dans laquelle il se blottit. Il tremble de froid, et de peur aussi, de cet effroi qui nous prend soudain quand nous avons échappé au pire. Je connais bien ce terrible sentiment. C'est comme si la mort nous avait frôlés, et l'on sent encore pendant de longues minutes son souffle sur notre nuque. Je prends le jeune Nicolas dans mes bras. L'enfant est sauf ! C'est

Omaï, le voleur, Omaï mon ami ! Le mousse a ramassé la chaîne qu'Omaï a dû faire tomber...

Depuis des semaines, nous voguons plein nord, loin des douceurs des îles du Pacifique Sud. Nous avons tué la dernière vache et épuisé nos provisions de viande, de fruits et de légumes frais de Tahiti. Il nous reste maintenant le poisson, les bouillies de blé et le chou macéré. Jour après jour, nous nous enfonçons vers l'inconnu, au cœur de l'océan Pacifique.

— À la santé de toutes les belles femmes du Pacifique !

Au carré des officiers, le repas s'achève et, comme chaque samedi, je lève mon verre de punch pour porter un toast avec mes hommes. Mais, ce soir-là, ils ne lèvent pas leurs verres avec moi. Ils se taisent, le regard fuyant. Puis Williamson prend la parole :

— Capitaine, deux mois que nous n'avons pas vu la terre ! Bientôt, nous n'aurons plus rien d'autre à manger que les poissons que nous pêchons. Les hommes n'en peuvent plus de la bouillie ! Et puis, l'équipage s'inquiète : y aurat-il une terre là où nous allons ? Et si on ne trouvait rien que de la glace et de l'eau ?

— C'est vrai, poursuit Alwynn, le cuisinier, j'ai plus rien, moi, dans ma cambuse, même plus de saindoux. Alors j'cuis du poisson dans de l'eau de mer, je jette une poignée de blé, et voilà ! Ça, c'est ce que nous mangeons depuis deux semaines ! Poisson, blé, bouillie ! Rien d'autre. Y z'en peuvent plus, les gars !

— Oui, c'est vrai, ce n'est plus possible, Capitaine, renchérit Williamson. Même Banks et ses scientifiques se plaignent. Hier, je les ai surpris en train de cuisiner quelque chose avec leur matériel au lieu de faire des expériences ! Mettez le cap à l'est, vers les côtes de l'Amérique du Sud.

— Un peu de calme, messieurs, répondis-je. Oui, je vous comprends, cela fait bientôt deux ans que nous avons quitté Plymouth, et l'équipage a le mal du pays. C'est normal. Pourtant, les choses sérieuses ne font que commencer. Vous ne croyez tout de même pas que l'Amirauté nous a envoyés faire une promenade

dans les îles du Pacifique, passer le bonjour au roi Finou, reconduire Omaï chez lui, lui construire une jolie maison... Mais, bon sang ! rendez-vous compte ! La route que nous traçons aujourd'hui, aucun autre navigateur ne l'a parcourue. Alors, par le diable, sachez en être dignes ! Nous ne mettrons en aucun cas le cap à l'est. On continue plein nord, suis-je clair ?

Mes paroles ont porté. Je me tais, et pas un seul de mes hommes n'ose prononcer un mot de plus. On entend même le grincement du navire et les grand-voiles qui claquent dans le vent. Ce soir-là, je confirme mon autorité auprès de mes jeunes officiers. King a raison, il est temps que nous trouvions une île où accoster...

— Terre ! Terre ! Capitaine, droit devant ! Terre !

Nous nous précipitons sur le pont. En haut du grand-mât la vigie hurle :

— Là-bas ! Une île !

Je mets mes mains autour de mes yeux pour me protéger de la luminosité et, tout au loin, au nord-nord-est, je distingue les contours vagues d'une terre inconnue.

Aussitôt, Webber se met à dessiner ce qui semble être un archipel composé d'au moins trois îles, peut-être quatre, cinq ou plus ? Sont-elles habitées ? Qu'allons-nous y trouver ? Quels animaux, quelles nouvelles espèces d'arbres ou de fleurs ? Et des hommes ? Oui... des hommes ! Des tribus aux rites étranges, aux langues incompréhensibles. Des êtres que nous découvrirons, qui sait ? habitant les arbres, des huttes ou cachés au fond de grottes sombres et humides ? Qui sont-ils, ces hommes perdus au milieu du Pacifique ? Nous allons enfin toucher la terre ferme, manger des fruits frais, sentir leur jus sucré et acide sur nos lèvres ! Nous allons renouveler nos réserves ! Boire de l'eau fraîche ! Nous allons chasser du gibier, manger de la viande et la faire cuire dans les feuilles parfumées des bananiers !

J'exulte ! J'en ai les larmes aux yeux. La vigie descend de son observatoire pour venir chercher sa prime. Je l'embrasse et lui donne la bouteille de rhum réservée au premier à voir la terre.

Puis je m'accoude à la rambarde du second pont. Je viens de découvrir un nouveau territoire ! Par saint Georges, c'est incroyable ! Il n'est indiqué sur aucune carte, aucun marin n'en a jamais parlé ! Ma route très au nord, loin des côtes de l'Amérique, nous a donc conduits droit sur ces îles inconnues ! Je suis si impatient, il faut que je touche cette terre, là, tout de suite, maintenant, et découvre ce nouveau monde qui m'attend !

Chapitre 7

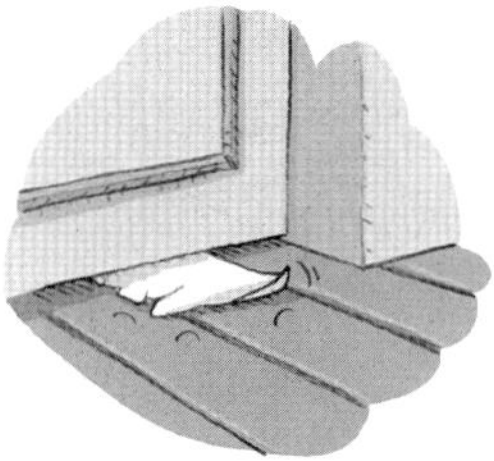

Il est tard dans la nuit, j'écris quelques notes maritimes dans le journal de bord, quand soudain un léger frottement attire mon attention. L'éclat blanc d'un petit bout de papier surgit entre le parquet et la porte. Je me précipite hors de ma cabine, mais la coursive est déjà déserte...

Le morceau de papier a été arraché d'un livre. L'auteur du billet a pris soin de déchirer une page de garde, sans texte. Il n'y a rien d'écrit dessus, juste un rébus :

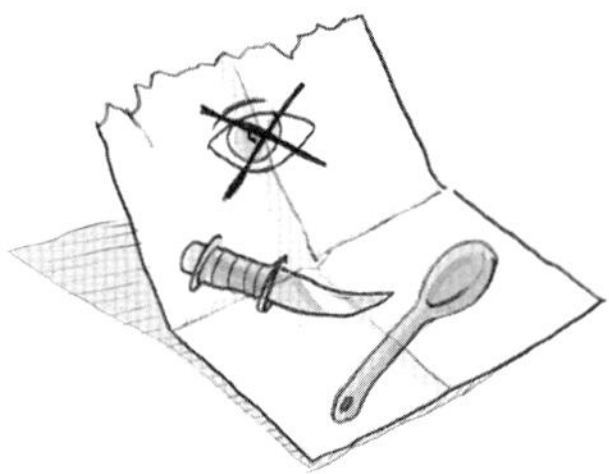

Perplexe, je passe de longues minutes à examiner le message anonyme sans en percer le mystère.

Je me suis levé très tôt ce matin, le soleil est à peine levé, nous sommes à quelques miles des côtes. Sur les trois îles qui nous font face, on peut compter sept volcans ! Ils doivent être encore en activité, une épaisse fumée rampe le long de leurs flancs pour s'évanouir dans les forêts qui recouvrent la grande majorité du territoire. Il y a certainement des hommes sur ces îles, mais nous sommes trop loin, et la nuit est encore trop présente. Avec ma longue-vue, je passe et repasse sur l'étendue sombre de ces terres sans rien voir ; pas de feu, pas de sentier, pas de culture, pas de village, rien, aucun signe qui aurait annoncé une trace d'humanité. Je vais alors dans la Grande cabine, où Alwynn me sert le repas du matin. Je bois tranquillement mon thé, sans penser à rien en particulier, je feuillette distraitement le cahier de croquis que Webber a laissé sur la table. Il y a là un étonnant portrait de Bligh. Le visage du quartier-maître s'étale devant moi, comme vivant, le regard étrange de son unique œil me fixe, un rictus déformant sa bouche. Je referme le carnet pour manger en paix…

— Aux armes ! Branle-bas de combat ! Tous les hommes sur le pont ! Aux armes ! Aux armes !

C'est King ! Je me précipite hors de la Grande cabine. En quelques minutes, tous les hommes sont à leur poste. Les soldats en position de tir, les marins une hache ou une pique à la main. À la faveur de la pénombre de la nuit qui finissait, des embarcations indigènes se sont glissées tout autour de nous. En quelques minutes, le *Resolution* est pris au piège. Nous sommes cernés ! Des centaines de pirogues, des barques et des bateaux de toutes tailles nous encerclent. La flottille indigène doit compter plus de trois cents embarcations, sur lesquelles se tiennent plus d'un millier d'hommes en armes !

Nous réduisons la toile et jetons l'ancre. Nous ne sommes qu'à quelques centaines de

mètres de la côte. La plage est maintenant entièrement recouverte par une foule de plus en plus dense. Je distingue de nombreux guerriers, mais King me signale également des femmes et des enfants. Je décide de descendre à terre.

Les indigènes n'osent pas trop s'approcher de notre coque. Je choisis de mettre à l'eau la yole, plus légère et rapide à manier que la grande chaloupe. Williamson, Banks et deux hommes de troupe m'accompagnent. Nous traversons très lentement la distance qui nous sépare de la plage. Les unes après les autres, les pirogues et les barques des indigènes s'écartent pour nous laisser passer. Quelquefois, notre coque frôle leurs embarcations et nos regards se croisent. Nous sommes si proches d'eux que nous pourrions les toucher ! Williamson est pétrifié, il serre la barre et regarde droit devant lui. Il est comme hypnotisé, il retient son souffle. Banks est vert de peur... L'effroi et la terreur se lisent sur tout son corps. Il transpire et tord ses mains en faisant des nœuds avec ses doigts maigres et crochus. Les deux soldats aux avirons sont aussi extrêmement tendus et nerveux. Ils ajustent sans cesse leur fusil à leur épaule, prêts à lâcher les rames pour saisir leurs armes. Nous fixons du regard les indigènes, guettant leurs moindres mouvements. Je suis à la fois excité par notre rencontre avec ces hommes et effrayé à la pensée qu'il ne nous reste peut-être que quelques instants à vivre. À tout moment, l'un d'entre eux peut s'avancer vers nous, provoquer l'un de mes soldats et déclencher un effroyable carnage. Heureusement, après de longues minutes, nous arrivons sains et saufs sur la plage.

Sur le *Resolution*, King attend mon signal pour m'envoyer la grande chaloupe avec une quinzaine d'hommes. Nous tirons la yole sur la plage, les indigènes ne sont qu'à quelques mètres de nous. Je m'avance vers le groupe qui me fait face, Williamson est à mes côtés, Banks légèrement en retrait ; les deux soldats, mousquets armés, protègent nos arrières.

Les habitants de cette île n'ont pas l'air agressifs, au contraire. Leurs traits sont plus proches de ceux des Tahitiens que des guerriers de

Nouvelle-Zélande. Soudain, l'un d'entre eux se détache de la foule. Je vais vers lui, les deux mains légèrement tendues, les paumes ouvertes. Nous ne sommes plus qu'à deux pas l'un de l'autre. Je m'arrête. Il saisit mes mains et me regarde droit dans les yeux. Je lui souris et incline imperceptiblement la tête. Alors, l'homme tourne son visage vers les guerriers qui nous entourent et leur crie quelques mots brusques. Je sursaute et retire mes mains. Banks et Williamson saisissent leurs armes, les soldats portent leurs mousquets à l'épaule. Mais tout autour de nous, les indigènes abaissent leurs lances. Des femmes viennent alors déposer sur le sable des fruits et des calebasses d'eau. Je me tourne vers le *Resolution* et fais signe à King de débarquer. Nous installons ici notre camp de base. Bientôt, nous partirons explorer les autres îles de l'archipel.

C'est un plaisir rare, quelque chose que je n'ai réalisé que quelques dizaines de fois dans ma vie. Et pourtant, ce sont toujours les mêmes gestes simples. J'ai déroulé ma carte du Pacifique, que je garde soigneusement dans un étui de cuivre, celle où sont retranscrites les données précises de longitude et de latitude de toutes les terres connues du Pacifique. Je l'ai posée sur mon pupitre éclairé par deux lampes à huile. Alors, plaisir suprême, avec une plume fine et quelques gouttes d'encre, j'y ajoute ma découverte. Avec ces traits, je viens de dessiner pour l'éternité une nouvelle terre sur la face du globe ! Une, deux, trois petites taches au milieu du Pacifique, elles y sont idéalement disposées, sur un axe stratégique entre l'Amérique et l'Asie. Enfin, j'inscris en lettres majuscules sous le nouvel archipel : « ÎLES SANDWICH ». Je tiens ainsi ma parole et donne à la première grande découverte de ce voyage le nom de lord Sandwich, grâce auquel j'ai pu mener cette expédition.

Je me verse ensuite un verre de porto et m'endors le sourire aux lèvres...

Webber laisse toujours traîner ses carnets de croquis partout sur le navire. Chaque fois que je tombe dessus, j'en profite pour y jeter un coup d'œil. C'est très amusant, il y a des portraits de marins, des scènes de la vie à bord et, bien sûr, de nombreux dessins scientifiques sur la faune, la flore et les habitants des îles Sandwich.

Ce matin, je ramasse l'un de ces carnets. Il est ouvert sur un dessin très intrigant. C'est une vue panoramique d'une plage, avec d'énormes vagues, comme d'immenses rouleaux d'eau, qui se fracassent en explosant sur le rivage. Le plus prodigieux, ce n'est pas la hauteur de la houle, mais les hommes... qui se tiennent debout sur la crête des vagues ! J'appelle Webber.

— Monsieur Webber ! Dites-moi, ce dessin, expliquez-moi... que font-ils ? et je lui désigne les petites silhouettes au sommet des montagnes d'eau.

— Quoi, ça ? me répond-il. Ah, oui, capitaine ! C'est absolument étonnant ! Ces hommes ont des planches de bois avec lesquelles ils glissent sur les vagues. J'en ai même vu un qui se faufilait à l'intérieur des rouleaux pour les traverser de part en part ! C'était prodigieux !

— Mais, bon sang ! poursuis-je. Pourquoi font-ils ça ? C'est terriblement dangereux, ils risquent leur vie !

— Alors là, j'en sais rien. Ce que je sais, capitaine, c'est qu'ils sont sacrément habiles sur leurs planches, les gars ![1]

Les îles Sandwich cachent un mystère que je ne pourrai jamais élucider. Lors de ma première rencontre avec leurs habitants, je fus surpris de comprendre la langue. Incroyable ! C'est presque mot pour mot la même que celle des Tahitiens. Seul l'accent diffère légèrement. Mais comment deux peuples séparés l'un de l'autre par des milliers de miles marins peuvent-ils parler la même langue ? Banks pense qu'ils ont un jour traversé l'océan pour faire du commerce ou conquérir de nouveaux territoires. Mais jc nc suis pas convaincu... Leurs bateaux sont si petits, si fragiles... Serait-ce possible ? À moins qu'ils ne descendent d'une même ethnie qui, un jour, bien avant nous, traversa l'océan Pacifique pour peupler ces îles ?

L'équipage se plaît ici. La végétation est généreuse, et le climat très agréable. Il fait bon, un

1. *Le capitaine Cook et son équipage viennent de découvrir les premiers surfeurs.*

vent frais rafraîchit sans cesse l'atmosphère. Depuis plusieurs jours, nous visitons les différentes îles de l'archipel. Nous en avons découvert cinq, que les habitants nomment Ouahou, Touhi, Onihiaou, Oréhoua et Tahoura. Banks et les scientifiques sont descendus de nombreuses fois à terre chercher de nouvelles espèces d'animaux et de plantes. Ils passent leurs soirées à travailler sur leurs découvertes. Nous discutons de longues heures tandis qu'ils dissèquent et dessinent ces extraordinaires spécimens animaux et végétaux. Ici, c'est le paradis des hommes de science !

Pendant le repas du soir, Anderson nous donne les résultats de son étude sur les fameuses méduses qui ne piquent pas. Je les ai complètement oubliées ! Mais Anderson est un savant particulièrement obstiné.

— Capitaine, Monsieur Banks, Messieurs, commence-t-il sur un ton emphatique, comme s'il se trouvait devant le haut comité scientifique du Muséum. Je souhaiterais ce soir vous présenter le résultat de mes travaux. Pourquoi notre méduse n'avait-elle pas de tentacules urticants ? demande-t-il en extirpant l'une de ces bestioles immondes et visqueuses de son bocal. Eh bien, messieurs, d'après moi, certaines de ces méduses qui se développent dans les lagons et les lacs marins, comme celle que nous avons pêchée ici (Anderson agite l'animal au-dessus de la table, éclaboussant nos assiettes), n'ont pas besoin de se défendre, car elles sont à l'abri ! Mais oui, c'est évident ! Aucun prédateur ne peut franchir la barrière de corail ! Les méduses sont donc protégées par la nature elle-même. Imaginez, elles n'ont pas à lutter pour garder la vie sauve, alors dites-moi pourquoi la nature se fatiguerait-elle à développer leurs défenses ? C'est la raison pour laquelle leurs tentacules ne piquent pas... C'est aussi simple que ça !

Je suis assez dubitatif, mais Banks semble convaincu par la théorie d'Anderson et le félicite pour sa découverte. Anderson range alors sa bête gluante dans son bocal, et je laisse mon assiette à moitié pleine... Il m'a coupé l'appétit avec ses tentacules !

Depuis notre arrivée dans les îles Sandwich, un curieux petit insecte se promène dans ma cabine. Chaque jour, je me dis qu'il faut qu'Anderson vienne l'examiner, mais il risque de le mettre en bocal... et je préfère garder mon discret compagnon vivant...

Nous appareillons enfin pour le Nord, vers le détroit de Behring[1]. Je me retire tôt dans ma cabine pour écrire et finir les cartes de l'archipel des îles Sandwich. Assis à ma table, ce soir, je pense à Omaï. Je me dis que s'il m'a volé ce médaillon, ce n'est peut-être que pour me garder encore auprès de lui. Je ne peux m'empêcher de sourire à son souvenir. Un jour, à Tahiti, il est venu me voir... accompagné de douze femmes ! C'étaient les guérisseuses qu'il m'avait promises. Après quelques minutes d'hésitation, j'acceptais de me déshabiller et me laissais masser entièrement nu par vingt-quatre mains ! Cela dura une demi-heure ; elles m'ont laissé avec les muscles de tout mon corps aussi souples et légers que le jour de ma naissance ! Le lendemain elles sont

1. *Voir la carte en début d'ouvrage.*

revenues, ainsi que le surlendemain, et j'ai subi le même traitement jusqu'à ce que mon mal de dos disparaisse complètement. Ça a été miraculeux !

J'ai laissé mes souvenirs de Tahiti pour me concentrer sur mes cartes et la route vers le nord que je dois tracer. Soudain, j'aperçois le petit morceau de papier tombé d'entre les pages du livre dans lequel je l'ai glissé. C'est le mystérieux rébus qu'un messager inconnu a glissé sous ma porte, il y a quelques semaines. Brusquement, tout est clair dans mon esprit ! Le message est aussi limpide que s'il était écrit.

C'est terrible ! L'œil barré fait allusion à Bligh et à son œil crevé, qu'il cache sous un bandeau. La cuillère en bois, c'est l'instrument du cuisinier, et le cuisinier, le Cook[1], c'était donc moi ! Sur le billet, le poignard est dirigé vers la cuillère. Bligh pointe un couteau vers moi ! Nom de nom, je viens de comprendre ! Bligh en veut à ma peau !

1. *Cook : cuisinier en anglais.*

Chapitre 8

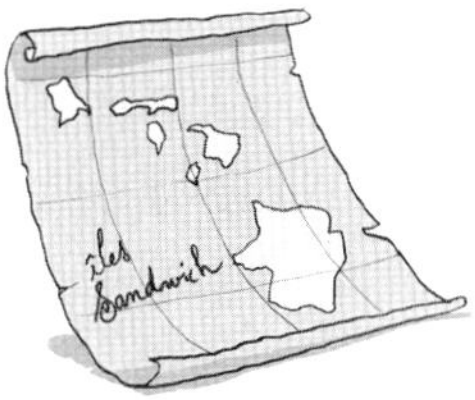

— King ! Williamson !

Je bondis hors de ma cabine. Mes deux lieutenants émergent de leurs quartiers, le regard encore endormi.

— Vite, entrez, leur dis-je en chuchotant. Par ici ! Dépêchez-vous ! King et Williamson s'engouffrent sans un bruit dans ma cabine. Sur le qui-vive, conscients qu'il se passe quelque chose de grave, mes seconds attendent mes explications.

— Messieurs, je pense que nous allons devoir affronter une mutinerie menée par Bligh. Je n'ai pas le temps de vous expliquer. King ! Allez réveiller les soldats, je veux des hommes en armes partout sur le navire, sur le pont, à la barre, dans les cales. Je veux que vous contrôliez l'accès aux réserves d'armes et de poudre. Williamson ! Vous vous chargez de l'équipage. Réunissez les hommes de confiance, Alwynn, Anderson, Gore... Moi, je m'occupe de Bligh ! Allons-y !

Mais nous n'avons pas le temps de faire quoi que ce soit. Il est déjà trop tard.

— Restez là, capitaine ! Plus un geste !

Par saint Georges ! Bligh et ses complices se tiennent dans l'encadrement de la porte, les canons de leurs armes pointés contre nos poitrines... Nous sommes piégés ! Cette crapule de Bligh et ses hommes nous bâillonnent et nous attachent à la rambarde du pont arrière. De là où nous sommes, tout l'équipage peut nous voir... Et c'est précisément ce que recherchait Bligh : montrer à tous qu'il est à présent le maître à bord. Je fulmine, je m'en veux de n'avoir pas été plus vigilant. Si je l'avais voulu, j'aurais pu déchiffrer le message avant que Bligh n'organise sa mutinerie.

Mais je ne vais pas laisser Bligh me prendre mon navire !

— Maintenant, Capitaine, crache-t-il, nous allons régler nos comptes. Vous n'allez plus nous envoyer taquiner la mort dans les tempêtes du Grand Nord ! C'est fini, tout ça ! C'est moi qui commande à présent !

Mais la situation à bord n'est pas aussi simple que Bligh veut le croire. Les mutins ont désarmé quelques soldats et réuni l'équipage sur le pont. Certains ont pris les armes, mais la plupart sont encore indécis. Vont-ils se ranger aux côtés des mutins, ou rejoindront-ils Alwynn, autour duquel se sont rassemblés les plus fidèles de mes hommes ?

— Écoutez-moi tous ! crie Bligh. Voilà deux ans que Cook nous promène à travers tout le Pacifique ! Maintenant, c'est fini, les explorations ! On va pas le laisser nous emmener vers le nord ! Là-haut, y'a que des glaces. Je vous le dis, moi, on va droit sur des tempêtes, et on va y laisser notre peau ! Y'a que des icebergs, et rien d'autre ! Faut retourner vers le sud, vers

Tahiti. Là-bas, on aura tous des femmes et un morceau de terre à nous. Avec nos canons, on leur fera voir, aux sauvages, s'ils sont pas contents ! Allez, les gars, demi-tour ! À Tahiti !

— C'est vrai ! Faut retourner vers le sud, crie l'un des mutins, sinon on va tous crever comme des rats !

— Ouais, hurle un autre, à nous la belle vie ! À mort le capitaine Cook !

— Non, attendez !

C'est la voix d'Alwynn.

— N'écoutez pas ces gibiers de potence ! Vous savez ce que ça coûte, une mutinerie ! Hé, les gars, vous n'allez tout de même pas laisser le *Resolution* à Bligh ? Le capitaine sait ce qu'il fait, et c'est pas cette raclure de bois de gibet qui va prendre la barre ! Jamais !

Alwynn est maintenant entouré de quelques marins en armes, face à la dizaine de mutins menés par Bligh. Mais les marins sont nombreux à rejoindre les rangs du cuisinier. Bligh et ses hommes deviennent de plus en plus nerveux. Si la mutinerie échoue, ils savent ce qui les attend. Ils seront pendus à la plus haute vergue du navire... Bligh n'a plus d'autre solution que l'affrontement. Cela va finir dans un bain de sang !

Impossible de me détacher, ni de faire glisser le bâillon qui me serre la bouche. J'enrage. Ils sont devenus fous ! Seuls, perdus au milieu de l'océan, mes hommes vont s'entre-tuer ! Mais je ne peux rien faire, maintenant que Bligh a décidé d'en finir. Les mutins ont pris position. Ils vont tirer ! Alwynn place ses hommes derrière des tonneaux, prêts à faire feu...

Soudain, un cri déchire l'atmosphère :

— Terre ! Terre à bâbord !

C'est la vigie qui hurle depuis le haut du grand-mât. Tous les hommes se précipitent à la rambarde. Certains mutins abandonnent leur position. C'est le moment que choisit Alwynn pour attaquer. En quelques secondes, ses hommes traversent le navire à l'assaut du pont arrière. Surpris, les mutins n'opposent aucune résistance. Résigné et impuissant, Bligh décharge l'une de ses armes sur moi. Mais il me rate.

Dépité, il me jette un dernier regard haineux avant de se tirer une balle dans la tempe !

Le corps de Bligh tombe sur le pont avec un bruit sourd. Rapidement, une large flaque de sang entoure sa tête. Les uns après les autres, les mutins rendent leurs armes. Le cadavre de Bligh est jeté par-dessus bord. Il flotte quelques secondes entre deux eaux. Aussitôt les requins affluent. Un bouillonnement sanglant agite la surface de la mer. On peut apercevoir des morceaux de bras et de jambes que se disputent les squales. Bligh ne mérite pas mieux... Que le diable l'emporte !

Les complices du quartier-maître sont jetés aux fers. Ils croupiront au cachot jusqu'à notre retour en Angleterre, où ils seront jugés par le tribunal militaire. Les autres, les lâches et les indécis, sont privés de solde pour trois mois. Il nous faut des marins pour faire avancer ce navire...

Nous avons définitivement quitté le Pacifique Sud. Il fait maintenant très froid. Un marin m'a dit avoir vu des petits blocs de glace flotter sur la mer. Le soleil est de plus en plus rare, caché par les nuages et les brumes qui envahissent l'horizon. Depuis quelques jours, nous longeons un rivage sombre et hostile formé de lugubres falaises qui s'enfoncent dans la mer : l'Amérique du Nord ! Avec ma longue-vue, j'aperçois d'immenses arbres, de gros buissons noirs, et partout, au sol, de la neige. Nous serons bientôt à terre.

Chapitre 9

C'est désespérant, cela fait maintenant près de trois semaines que nous longeons l'Amérique du Nord sans trouver un endroit où accoster. Nous sommes à quelques miles de la terre, et pas moyen d'y mettre les pieds ! Les côtes ne sont qu'une succession de roches noires et aiguisées, sur lesquelles notre coque se déchirerait si nous tentions de nous en approcher. La traversée depuis les îles Sandwich a été très difficile, nous avons été assaillis par des vents froids et violents, charriant de la grêle et de la neige. Les vagues hautes et dangereuses ont plusieurs fois recouvert le bâtiment. Nous sommes harassés : ces deux derniers mois nous ont plus épuisés que les deux années que nous avions passées en mer. Mais un soir, vers six heures, la vigie annonce une large baie au nord-ouest. Nous nous y engageons. Je suis heureux de retrouver le calme de la terre ferme.

Dans la soirée, alors que nous naviguons dans les eaux calmes de la baie à la recherche d'un endroit où aborder, le lieutenant King entre brusquement dans ma cabine :

— Venez voir, capitaine ! Nous avons de la visite !

Des pirogues s'avancent vers le *Resolution*. Elles émergent lentement de la fine couche de brouillard qui recouvre l'estuaire. Le regard fixé sur les petits canoës, nous retenons notre souffle. Pas une voix, pas un chant, rien, seul le bruit régulier des pagaies parvient jusqu'à nous. Ils arrivent !

Les indigènes sont une vingtaine, répartis dans trois pirogues. En quelques minutes, ils sont si proches de nous qu'ils peuvent toucher notre bateau du bout de leurs lances. L'un d'eux se lève et s'adresse à nous dans une langue incompréhensible. Il n'a pas l'air agressif, son discours ressemble à une mélopée, ou plutôt à une prière. Il jette une poignée de plumes blanches dans l'eau tandis que ses compagnons déversent une poudre rouge qui vient teinter la coque du *Resolution*. Webber noircit frénétiquement les pages de son carnet, il dessine le plus vite possible, fixant à l'encre les rites mystérieux des Indiens d'Amérique du Nord. Soudain, sans un mot, nos visiteurs s'en vont et disparaissent dans les brumes du détroit. Pendant quelques minutes, l'équipage reste silencieux, comme envoûté par la magie de cette curieuse apparition. Une légère brise nous pousse vers la berge, chassant le brouillard. C'est alors que de très nombreux canoës se détachent du rivage. En un instant, plus de trente embarcations entourent soudain le navire !

— Regardez, Capitaine !

Williamson attire mon attention sur une pirogue plus grande que les autres. Elle est peinte et décorée d'un énorme bec d'oiseau en bois sculpté. L'homme qui se tient à sa proue doit être un chef ou un prêtre. Son corps est entièrement couvert de peintures, et sa tête ornée de plumes d'aigle. Il a dans sa main un oiseau en bois qu'il agite en chantant.

Nous sommes sur nos gardes, mais ces hommes ne semblent pas avoir l'intention de nous attaquer. Comme nous le faisons à chaque nouvelle rencontre, nous invitons les indigènes à monter à bord. King leur lance quelques mots en tahitien, puis nous installons des cordages le long de notre coque. Mais aucun des Indiens n'accepte de monter. Tant pis ! Un premier contact est néanmoins établi : demain, nous descendrons à terre à la rencontre de ce peuple que nous ne connaissons pas.

Mais le lendemain matin, je suis dans une rage folle. Mes marins sont des pleutres ! Plus un seul de nos hommes ne veut descendre à terre. Hier soir, un des Indiens s'était enfin décidé à monter à bord. Il parlait une langue inconnue, rien à voir avec celle des habitants du Pacifique Sud. L'homme avait un grand sac en cuir dont il voulait échanger le contenu contre des morceaux de cuivre et des clous. C'était l'occasion idéale d'approfondir le contact. Nous lui avons donné une livre de clous[1], une plaque de cuivre, et nous l'avons laissé partir. Je n'avais pas fait attention à son sac, qu'il avait abandonné au pied du grand-mât. C'est le mousse Nicolas qui l'a ouvert. « Capitaine... » Il était blême. « Re... regardez ! » Un crâne ! Il y avait un crâne au fond ! Les marins s'étaient tous rassemblés autour de nous. D'un geste, j'ai retourné le sac, et les restes d'un squelette humain ont roulé à mes pieds.

Depuis, plus aucun homme du *Resolution* n'accepte de quitter le bord... Finalement, c'est moi qui descends à terre le premier, avec quatre soldats bien armés. Très vite, nous découvrons un village indien. Un nouveau monde s'ouvre à nous. Ces quelques huttes sur un sol râpé sont les premiers signes d'une civilisation étrange.

1. Une livre = 500 grammes.

Bientôt, nous allions découvrir une langue et une culture originales. Ils allaient nous enseigner leur vision de la vie et nous raconter leurs rêves... si différents des nôtres...

Poussés par l'énergie de la découverte, nous colonisons inlassablement notre planète, alors que les Indiens, tournés vers le cosmos, sont comme des sentinelles tendues vers l'immensité de l'espace. Au bout du monde, ces hommes vivent en harmonie avec les battements intimes de la terre. Ils sont là, sensibles au rythme de ses pulsations, immobiles et conscients de l'immense fragilité de l'humanité.

Je reviens avec un peu plus de sagesse, mais aussi des peaux de renard, de daim, de loup et même d'ours échangées aux Indiens. Les hommes du *Resolution* se parlent alors, soudain tous volontaires pour la prochaine expédition à terre...

Après quelques jours, je décide de repartir. Je ne veux pas rester trop longtemps chez les Indiens. Le temps passe, et nous rentrons dans l'hiver. Encore quelques semaines, et les glaces du détroit de Behring seront trop denses et empêcheront notre passage. Nous devons appareiller au plus vite !

Cinq jours que nous n'avançons plus, la mer est désespérément calme. Il n'y a pas un souffle de vent, et des courants contraires nous repoussent même vers le sud. Au lieu d'avancer, nous reculons ! Si cela continue, nous allons rater notre passage vers le pôle Nord. Il ne nous restera alors plus qu'à rebrousser chemin et passer l'hiver dans les îles Sandwich. C'est écœurant, nous sommes si près du but ! Les hommes de l'équipage jurent contre le vent qui laisse pendre nos voiles, humides et molles, au-dessus de nos têtes. Heureusement, nous sommes sur des hauts-fonds et King descend les ancres jusqu'au bout de leurs cordes, elles ralentissent un peu l'effet des courants. L'ennui et la mauvaise humeur s'installent sur le pont.

C'est Banks qui vient nous tirer de notre léthargie.

— Capitaine, je souhaiterais réaliser une expérience et mettre à contribution les hommes de l'équipage. Mais, attention, je vous préviens, c'est dangereux !

— Tant mieux ! lui dis-je. Je vous écoute, Joseph, nous n'avons rien à faire ici, et si l'intérêt supérieur de la science nous évite l'ennui... alors, je suis prêt à tout !

— Voilà, Capitaine, m'explique-t-il, je veux envoyer un petit filet le plus profond possible, à trois mille pieds[1].

— Trois mille pieds ! Vous êtes fou ! Nous allons être tirés par les courants. Et si une baleine se prenait dans le câble, vous imaginez ! Le bateau serait en quelques minutes entraîné au fond de l'océan !

— Je sais que c'est fou, me répond Banks. Pour les baleines, j'ai prévu des hommes avec des haches, prêts à couper le câble si jamais on était entraîné... Écoutez, Capitaine, il doit y avoir des animaux là-dessous. Vous savez, des poissons, des mollusques ou je ne sais quels êtres qui peuplent les grandes profondeurs, sans jamais remonter à la surface. Avec un filet et un peu de chance, on va en ramener !

1. Environ mille mètres.

— Oui, je ne sais pas, mais pourquoi pas..., lui dis-je, hésitant. Par contre, je n'ai pas assez de câble pour atteindre de telles profondeurs. Désolé, Joseph, je pense que votre projet n'est pas réaliste.

— On pourrait rassembler toutes les cordes et utiliser des voiles déchirées pour en tresser d'autres. Nous pourrions déjà descendre assez bas.

— Sérieusement, Banks, vous pensez vraiment ramener quelque chose de ces profondeurs ?

— Je n'en sais rien ! Mais vous vous imaginez quelle découverte extraordinaire si jamais on pêchait quelque chose ! Hein ?

— C'est bon, lui dis-je, on fait l'essai ! Vous avez trois jours pour réunir tout ce qui ressemble à une corde. Je vais de mon côté voir si on peut faire quelque chose avec des voiles usagées.

— Merci, Capitaine !

Le filet, lesté d'une grosse motte de terre glaise, plonge depuis plusieurs minutes dans les eaux sombres du Pacifique Nord. Banks souhaite que le filet descende rapidement à la verticale du bateau. La terre glaise va mettre plus d'une demi-heure pour se désagréger : ensuite, le filet sera plus léger, et il commencera à remonter lentement. L'équipage est surexcité, le danger et l'importance de l'expérience ont enflammé les imaginations. Alwynn raconte aux mousses que nous allons réveiller un poulpe géant qui se jettera sur notre bateau pour l'entraîner dans les profondeurs du Pacifique. Je lui demande d'arrêter de terroriser les jeunes et de tenir au chaud ses marmites pour nous cuisiner des bestioles de plus petite taille...

Jameson et Gore, une hache à la main, se tiennent prêts à couper le câble. Si le filet est entraîné par une baleine, il faut nous en débarrasser immédiatement ! Midi, ça y est, nous n'avons plus de corde, deux mille huit cent soixante-dix pieds de profondeur ! Le bateau est déséquilibré par les courants qui poussent le filin sur presque un demi-mile marin. Le *Resolution* tangue de plus en plus vers tribord. Nous ne pouvons pas nous éterniser dans cette position, mais il faut patienter. Banks se tient tout près de moi, les yeux fixés à l'endroit précis où la corde plonge dans l'océan. Il se ronge les ongles jusqu'au sang. Dix minutes seulement... Il faut encore attendre. S'il y a des animaux là, au fond, je veux leur laisser le temps de découvrir les minuscules morceaux de viande pourrie que Banks a accrochés au filet. Dix-sept minutes... Le navire se stabilise, mais la corde est tendue à l'extrême et menace de passer sous le navire et de nous retourner. Vingt et une minutes !

La vigie signale des nuages, poussés par une grosse brise à l'horizon. Vingt-trois minutes !

— Ça suffit ! Levez ! Levez le filet !

Trois hommes se jettent sur les bras du cabestan pour haler le filet. Banks avait raison, ce n'est pas facile de remonter tout ça. Mais il faut nous dépêcher, les vents approchent ! La poulie grince sous la tension, les marins se relaient. Enfin, au bout d'une demi-heure d'efforts, le filet apparaît à quelques mètres de profondeur. Un mousse, installé dans un canot avec Banks, l'attrape avec une pique. Quelques secondes plus tard, Banks plonge ses mains entre les mailles...

— YEEE ! VICTOIRE ! On en a un ! Remontez-moi à bord ! Remontez-moi ! Regardez, c'est incroyable ! hurle-t-il.

Je me précipite avec King ; déjà tous les hommes sont penchés au bastingage. Quelques minutes plus tard, Banks est submergé par l'équipage. Il serre contre lui un seau, comme s'il tenait un enfant. Il me le tend, l'air triomphant. Tout au fond du récipient, un animal rouge sombre se cache contre la paroi. On dirait une grosse écrevisse ou un mini-homard. Banks me reprend le seau pour disparaître dans la grande cabine, son équipe à ses trousses...

Je n'arrive pas à dormir... Je passe donc la nuit à consigner minute après minute l'expérience de Banks. C'est un travail fastidieux, mais cela m'aide à tuer le temps... Les résultats, par contre, sont surprenants et inespérés. Selon Banks et Anderson, l'étrange animal vivrait dans les grandes profondeurs, mais cela reste encore à prouver. Webber a eu le droit de le garder quelques minutes sur une feuille de papier humide. Il l'a dessiné sous tous les angles, avant que les savants ne viennent le récupérer jalousement pour leurs expériences... Ils l'ont fait sécher. Il rejoindra les collections du Muséum d'histoire naturelle à Londres... si un jour nous revoyons les côtes de l'Angleterre.

Chapitre 10

Impossible de monter vers le nord ! Les vents nous repoussent toujours au sud. Je prends la décision de nous dérouter vers les côtes américaines. Cap à l'est. En attendant les vents qui nous amèneront vers le nord, nous retournons explorer les terres indiennes.

Avec un groupe d'une dizaine d'hommes, je me suis avancé de plusieurs miles à l'intérieur des terres, quand soudain trois éclaireurs reviennent, effrayés, vers nous.

— Les Deux-Bouches, les Deux-Bouches ! hurlent-ils. (Ils traversent la colonne et courent jusqu'à moi.) Capitaine, Capitaine ! Là-bas !

Ils me montrent une colline éloignée où l'on distingue les fumées d'un village indien. Là ! Là ! Là ! halètent-ils. Y'a des monstres ! Des hommes, ils ont deux bouches ! Là, comme ça, me montrent-ils. L'une sur l'autre, pleine de dents ! Y en a beaucoup, des femmes, des enfants !

Banks et King sont à mes côtés. Nous n'en croyons pas nos oreilles. Des êtres humains avec deux bouches ! Est-il possible qu'une espèce humaine différente de nous se soit développée ici ? Nous devons le vérifier immédiatement. Je me place en tête de colonne, impatient de les voir. Je n'entends plus les paroles de Banks, qui élabore des hypothèses scientifiques invraisemblables. Il faut que je sache tout de suite. Mon regard est rivé au sommet de cette colline où, peu à peu, je distingue les silhouettes mouvantes des « Deux-Bouches »...

À notre arrivée, le village est désert, plus aucune trace des habitants, seuls quelques animaux traînent entre les tentes, des cochons, des poules et un chien qui aboie, se tenant à distance. Mon enthousiasme s'est peu à peu transformé en tension. Et si les « Deux-Bouches » préparaient une embuscade ? Dans une tente, les cendres d'un feu rougeoient encore. Les Indiens ne doivent pas être loin ! Banks et Williamson sont aussi de plus en plus nerveux, et les hommes progressent à travers le village avec une infinie prudence. Nous restons tous sur nos gardes, prêts à repousser une attaque.

— Là, Capitaine, regardez !

— C'est Anderson qui les a vus le premier. Un petit groupe d'hommes se dirige vers nous, se cachant derrière les tentes. Ils doivent être six ou sept. Impossible de voir leurs visages, ils se déplacent trop vite et sont encore trop loin.

— Que personne ne tire ! Restez où vous êtes et attendez les ordres ! lâche King.

Mes hommes se sont regroupés par trois. Je décide de laisser les « Deux-Bouches » s'approcher. Ils doivent avoir aussi peur que nous, alors pourquoi nous entre-tuer ?

C'est incroyable ! Ils sont maintenant à moins de vingt mètres, et je peux distinguer leurs bouches. L'une des deux est tout à fait similaire à la nôtre, l'autre, juste au-dessous, est plus petite. On peut même y voir leurs dents quand ils sourient ! Webber laisse tomber son fusil à terre et dessine aussi vite qu'il le peut. Les « Deux-Bouches » n'ont pas l'air agressif, ils ne portent aucune arme. L'un d'eux se dirige maintenant vers nous. Je m'approche de Banks et lui demande à mi-voix :

— Professeur, qu'en pensez-vous ?

— Je n'en sais rien, c'est époustouflant, je n'ai jamais vu ça. Ils auraient donc deux mâchoires ! C'est incompréhensible... me souffle-t-il.

L'homme est maintenant à quelques mètres de nous. Anderson se porte à sa rencontre. Ils se font face, l'Indien sourit de toutes ses dents... Puis Anderson se tourne vers nous, tout sourires lui aussi !

— Ce sont des coquillages. Des COQUILLAGES !

À ce moment, une dizaine d'Indiens nous entourent, il y a des hommes, des femmes et des enfants. Ils ont tous deux bouches ! Je m'ac-

croupis pour examiner une petite fille. Sa seconde bouche n'est en fait qu'une incision sous la lèvre inférieure et à travers laquelle elle passe sa langue toute rose ! Certains adultes y ajoutent des petits coquillages, ce qui renforce l'illusion d'une seconde bouche. Selon Banks, cette tribu utilise ce stratagème pour effrayer ses ennemis... C'est certainement très efficace.

Vent du sud-sud-est, brise faible, mais soutenue et favorable. Je décide de reprendre la mer. Nous quittons le territoire des « Deux-Bouches » et mettons cap sur le détroit de Behring et le Grand Nord. Par le diable ! Nous le trouverons, ce fameux passage vers l'Atlantique Nord !

Cette nuit-là, nous perdons plus du quart de nos provisions... Vers cinq heures trente, le *Resolution* est secoué par de violentes rafales de vent, les vagues tapent dangereusement contre la coque. L'une, plus forte que les autres, roule sous le navire. Le bâtiment se soulève, grince de toutes parts sous l'effort. Soudain, en soute, l'une des cordes d'arrimage cède, puis une autre, et c'est bientôt toute notre cargaison qui perd ses amarres. Dans les cales, c'est la catastrophe ! Le fret suit maintenant les mouvements du bateau. Les caisses et les tonneaux, livrés à eux-mêmes, s'entrechoquent et éclatent, répandant des litres d'eau et des tonnes de nourriture dans les cales. Immédiatement, King et une demi-douzaine de marins se précipitent pour contenir la cargaison, mais le mal est fait.

Nous jouons vraiment de malchance ! Nous n'avons désormais plus que quelques semaines de provisions ; le temps est ainsi toujours contre nous. Les glaces vont bientôt fermer la banquise.

Joseph Banks est l'un des rares hommes encore debout lorsque, vers minuit, je monte sur le pont. Depuis quelques jours, il passe ses nuits l'œil collé à son télescope, installé sur le pont arrière, d'où il observe les étoiles, les planètes et les constellations. Le ciel est bien dégagé, et nous observons longuement la lune, qui est pleine. Banks me montre de longues traces parallèles sur son sol déchiqueté. On dirait des canaux creusés par la main d'un géant. Puis il pointe son instrument vers des étoiles que je n'ai encore jamais vues. Des petites constellations, qui à l'œil nu semblent n'être qu'une étoile un peu plus grosse que les autres. Je suis émerveillé par ces découvertes, là-haut, juste au-dessus de nos têtes. Banks a de la chance ! Il lui suffit d'un regard pour aborder quelque part, tout au fond du ciel étoilé, un territoire encore inexploré.

Chapitre 11

Je reste éveillé jusque tard dans la nuit. Incapable de m'endormir, je pense sans cesse à la probabilité de l'existence de ce passage entre le Pacifique et l'Atlantique. Réussirai-je à le trouver ? Et, finalement, que m'importe-t-il vraiment ? Qu'est-ce qui compte pour moi maintenant ? Trouver ou chercher ? Pourquoi toujours parcourir le globe, après toutes ces années en mer ? J'ai déjà découvert tant de nouvelles terres ! N'est-il pas temps de rentrer chez moi ? Avant qu'il ne soit trop tard...

Nous atteignons enfin le détroit de Behring. On dit qu'ici, l'Amérique et l'Asie sont si proches qu'une seule journée de navigation suffit pour rejoindre le rivage voisin. Banks insiste pour que nous allions vers l'Asie ; je mets le cap plein ouest, le temps est clair et le vent plutôt fort. Le *Resolution* cingle vers les côtes asiatiques. En quelques heures, nous apercevons très nettement les petites collines de l'Asie extrême-orientale. Nous distinguons même des villages de huttes et leurs habitants. Banks tient absolument à débarquer, mais je ne veux pas perdre de temps sur une terre déjà explorée par les Russes. L'hiver approche, nous devons coûte que coûte mettre le cap au nord-est et rejoindre le Grand Nord avant que les glaces ne se referment sur nous. Pour faire plaisir à Banks, je frôle donc les côtes de l'Asie, mais sans m'arrêter. À la lunette, j'observe les habitants qui se sont regroupés sur le rivage... Ils nous saluent, soulevant leurs chapeaux.

Quelques flocons de neige tombent sur le pont. Le soleil des tropiques est bien loin ! Nous avons revêtu nos fourrures, nos bonnets de laine et nos gants de peau retournée. À plusieurs reprises, la vigie signale des vols de canards. Existerait-il une terre inconnue plus au nord ?

Nous remontons toujours plus haut. Le temps change, l'air est froid, âpre et dur, et le ciel de plus en plus sombre. Depuis quelques jours, nous observons un étrange phénomène. C'est une sorte de lueur qui éclaire le ciel au lointain, comme si l'horizon était soudain devenu lumineux ! Aucun d'entre nous n'a une idée précise de ce que cela peut être... Étrange.

Cette nuit-là, nous traversons une pluie de neige, de grosses gouttes floconneuses qui viennent tremper le bateau. En quelques heures, le *Resolution* se transforme en cathédrale de givre. Les mousses jettent du sel sur le pont, mais ils ne peuvent empêcher une épaisse couche de verglas de se former sur les planches de bois. Les glaces flottantes sont de plus en plus nombreuses autour de nous. D'immenses blocs nous frôlent et obligent l'équipage à rester sans cesse sur le qui-vive.

Nous découvrons ce qu'est cette lueur étrange à l'horizon. C'est un mur de glace ! Une énorme et monstrueuse étendue de plusieurs dizaines de mètres de hauteur, et qui s'étend à perte de vue ! Vers six heures ce matin, nous avons abordé l'immense rivage gelé. Je fais mettre des chaloupes à la mer. Les lieutenants Williamson et King prélèvent des échantillons de glace. C'est curieux, elle est poreuse sur la surface, mais extrêmement dure et translucide en profondeur, comme un bloc de verre. D'étranges animaux ont colonisé ces eaux du Pacifique Nord. Les fusiliers marins en abattent quelques-uns. Les scientifiques vont les disséquer avec attention. Ils ressemblent aux chevaux de mer que l'on rencontre au Canada,

dans les eaux du Saint-Laurent, ou plus exactement à la description d'un animal doté d'énormes dents que les savants appellent *morse*, mais que je n'avais jamais vu auparavant. Cette nuit, trois d'entre eux nous ont sauvés du naufrage. Les hommes de quart n'avaient pas vu un iceberg qui dérivait droit sur nous, et les cris de trois bêtes perchées dessus ont attiré à temps leur attention. Cela n'a pas empêché Alwynn de nous servir du morse pour le dîner ! Sa chair est sombre et son goût très fort ; cela n'est pas vraiment bon, mais tout de même meilleur que la bouillie d'Alwynn !

Nous longeons le mur de glace pendant plusieurs jours, sans découvrir la moindre trace d'un passage vers l'Atlantique. C'est désespérant ! De la glace, rien que de la glace, et encore de la glace sur des kilomètres, à perte de vue !

Et ce que je craignais le plus est arrivé. Le froid est si intense que notre coque s'est peu à peu retrouvée bloquée par la mer gelée. Avec le lever du soleil, nous nous sommes dégagés, mais la saison froide est là, et nous serons bientôt prisonniers des glaces. J'ai pris ma décision seul. Enfermé dans ma cabine, accablé, le regard perdu sur mes cartes, je vais bientôt annoncer à mes hommes que nous rebroussons chemin. Je suis désespéré ! Nous qui venons de passer des années en mer, nous sommes repoussés par le froid, bloqués par l'hiver ! Nous allons donc mettre le cap au sud, contraints à retourner aux îles Sandwich pour y attendre le printemps et la fonte des glaces avant de remonter vers le nord. Notre expédition prend aujourd'hui plus de cinq mois de retard...

Chapitre 12

Les mers froides et dangereuses de l'Arctique sont derrière nous ; pourtant, l'océan Pacifique se déchaîne, menaçant notre navire ! En fin de matinée, le vent se met soudain à souffler en rafales de plus en plus violentes. La mer se gonfle en vagues hautes et lourdes, qui viennent s'écraser contre le *Resolution.* L'eau roule sur le pont, emportant tout sur son passage. Les hommes s'attachent aux mâts ou au bastingage. En quelques minutes, le ciel est noir, les mugissements sinistres de la tempête envahissent nos esprits tel un message de l'au-delà. Le vaisseau est maintenant à la merci des forces de l'océan. À tout moment, une vague peut nous envoyer par les fonds. Il ne nous reste plus qu'à prier !

Après plusieurs heures de tempête, le ciel est redevenu clément, et nous avons enfin rejoint les premières terres de l'archipel des îles Sandwich. Demain matin, nous devrions être à terre. Ce soir, Alwynn jette dans ses casseroles les quelques provisions qu'il lui reste pour nous préparer un festin. Double ration, et viande pour tout le monde !

Je mâche mécaniquement ma portion, sans rien dire, l'esprit vide. Pourtant, ce soir, l'atmosphère est joyeuse à bord. L'équipage fête notre arrivée. Fini, les tempêtes, nous relâchons pour au moins trois mois sur l'un des plus agréables archipels du Pacifique ! Mais je n'ai pas vraiment le cœur à me réjouir.

Depuis notre retour vers le Sud, l'amertume m'a gagné. Je n'ai pas mené mon navire comme je le souhaitais. J'ai échoué dans ma recherche d'un passage entre les glaces qui nous aurait conduits vers l'océan Atlantique. Ai-je manqué d'audace ? Ai-je été trop prudent ?

Depuis une semaine, nous naviguons entre les îles Sandwich à la recherche d'un havre où installer notre camp pour l'hiver. Ces derniers jours, je passe beaucoup de temps avec Webber. Nous nous installons dans la Grande cabine ; il me montre ses derniers croquis, et j'admire les fantastiques paysages des îles Sandwich dominés par les sombres panaches de fumée des volcans. La nuit dernière, nous avons assisté à une éruption, à quelques miles plus loin à l'ouest. Une lumière a soudain embrasé le ciel, dévoilant un rougeoiement imperceptible à l'horizon. Il doit y avoir quelque chose dans cette direction. Une terre ! Une île qui nous a échappé lors de notre premier séjour, il y a quelques mois ! Je décide de changer de cap.

Je me réveille tôt aujourd'hui, le soleil tarde à se lever, un nuage épais et sombre obscurcit le ciel à l'est, et la nuit résiste encore aux lueurs du matin. Le *Resolution* avance sur une mer presque étale. Baignée par des fumées volcaniques, une île se dresse devant nous. Elle est magnifique ! Elle est énorme, peut-être dix fois plus grande que Tahiti. C'est le plus beau cadeau que peut nous faire l'océan Pacifique !

Nous faisons le tour de l'île. Les marins sont impatients de trouver une baie où accoster. Nous la découvrons vers midi. Je prends la barre. Le vent vient de la côte, et je respire avidement cet air lourd d'odeurs terrestres. Le *Resolution* approche lentement du rivage dominé par d'immenses forêts qui grimpent le long des flancs des volcans. Nous jetons l'ancre au milieu de la baie. Cette île est certainement habitée, et je ne veux pas prendre le risque d'être attaqué par surprise. J'envoie King en reconnaissance. Après quelques heures d'exploration, King et ses hommes reviennent du rivage. Je braque ma longue-vue sur sa chaloupe. King est debout, comme convenu, il me fait un signe, le bras tendu et le poing fermé : tout va bien, nous pouvons débarquer ici pour y installer notre camp.

Hawaii ! Les habitants de cette île l'appellent Hawaii. Lorsque nous nous sommes approchés

de cette terre, j'ai tout de suite su que nous avions fait une découverte exceptionnelle. Cette île est le trésor caché de l'archipel des îles Sandwich. Ce soirlà, je demande à King de partager mon dîner. Nous finissons ensemble une bouteille de vieux porto que j'ai gardée pour les grandes occasions. Puis je glisse quelques pièces de monnaie dans la bouteille avec un morceau de papier sur lequel j'ai inscrit : « Moi, James Cook, capitaine à bord du *Resolution* de la marine royale d'Angleterre, je prends aujourd'hui, le 16 janvier 1779, possession de cette terre au nom de Sa Majesté le roi George. » Demain, nous irons enterrer la bouteille sur l'un des sommets qui dominent la baie. Nous sommes heureux.

Cela fait cinq jours que nous sommes à Hawaii. Nous avons bâti un camp sur la plage, et le gros de l'équipage passe la nuit à terre. Banks et ses collègues dorment aussi là-bas. Ils ne veulent pas quitter des yeux leurs instruments. Cette nuit-là, King et moi dormons à bord du *Resolution* avec à peine une dizaine d'hommes. Vers deux heures et demie du matin, des centaines de pirogues envahissent la baie. En quelques minutes, nous sommes encerclés par des milliers d'Hawaiiens ! À terre, nos hommes se retranchent derrière la palissade du campement, mais ils ne peuvent rien pour nous. Curieusement, les indigènes ne bougent pas. Ils restent là, à quelques encablures du bateau.

Enfin, le soleil se lève sur notre face-à-face. Les Hawaiiens sont encore plus nombreux. Les eaux de la baie de Karakarooa sont couvertes d'embarcations ; des centaines d'hommes nagent près de la coque de notre navire. À terre, une foule de plus en plus dense se presse autour du campement. Je suis à la fois effrayé et ébloui par ce spectacle imprévu. En quelques heures, l'atmosphère de la baie s'est entièrement transformée. Il y règne maintenant une confusion incroyable. Des milliers d'Hawaiiens crient, chantent et dansent sur le rivage et sur des barques de toutes tailles. Je n'arrive pas à savoir si leurs chants sont pacifiques ou guerriers.

— Capitaine, me demande King, l'air mi-moqueur, mi-inquiet, et s'ils se précipitaient sur nous pour nous découper sauvagement avant de nous manger ?

Ils ne veulent pas nous manger. Du moins, pas aujourd'hui... Je décide de rejoindre seul notre camp sur la plage. Une fois à terre, je pourrai organiser la retraite de l'équipage à bord du *Resolution*. Mais il faut d'abord que je traverse la forêt d'embarcations qui recouvre la mer entre le navire et le rivage !

Seul, je guide lentement ma chaloupe entre les pirogues des Hawaiiens qui s'écartent sur mon passage. J'essaie de ne pas les regarder, je fixe un point loin devant moi, les yeux dans le vide. Mais il m'est impossible de ne pas croiser leurs regards. Que pensent-ils ? Que vont-ils faire : me laisser passer ou me transpercer de leurs flèches avant que je n'atteigne la grève ? Leurs visages ne laissent rien apparaître de leurs sentiments à mon égard... Je suis donc condamné à avancer parmi eux, la peur au ventre.

J'arrive sur la plage, je tire ma barque hors de l'eau et je me dirige enfin vers le campement. Et là ! Sur l'immense étendue de la plage, tous les indigènes se jettent soudain face contre terre ! Il n'y a plus un bruit, ils se taisent, prostrés comme en prière. Je reste immobile au milieu de ces milliers d'hommes en dévotion. Je suis ahuri, complètement dépassé par la situation ! Puis ils se lèvent, et je peux alors voir dans leur regard un sentiment d'infinie admiration et d'espoir. Enfin, ils refluent en silence dans la forêt, tandis que leurs pirogues quittent la baie... Je reste là, tremblant, désemparé, égaré entre ma peur et mon désarroi.

Nous passons trois mois à Karakarooa. Chaque semaine, nous avons la visite du roi de Hawaii, Tirrïobou. Mais aujourd'hui, il est venu par la mer, avec trois grandes embarcations. Tirrïobou se tient debout dans la première pirogue, majestueux dans son long manteau, coiffé d'un casque entièrement décoré de plumes. La barque qui le suit est pleine de prêtres qui chantent et dansent autour de leurs idoles. Les statues sont terrifiantes, avec leurs bouches grimaçantes ornées de dents de chiens. Le dernier bateau déborde d'offrandes, d'animaux grillés, de fruits et de fleurs aux odeurs entêtantes, que Tirrïobou vient m'offrir.

La petite flottille fait lentement le tour du *Resolution*, alors que les prêtres récitent des prières et lancent des fleurs dans l'eau. Puis elle se dirige vers notre camp, où je m'apprête à recevoir Tirrïobou et son cortège.

Pourtant, ce qui va suivre allait décider de mon départ précipité de l'île.

Arrivé dans ma tente, le roi, d'un geste solennel, dépose son manteau rouge sur mes épaules. Il me couvre la tête de son casque de plumes. Puis il me prend doucement la main et y dépose un éventail. Je n'ose pas bouger. Je suis troublé ; le roi de Hawaii ne me considère plus comme un homme. Je suis désormais à ses yeux une divinité qu'il vient honorer... Mais ce n'est pas fini ! Les prêtres étendent des étoffes précieuses sur le sol. Ils y déposent quatre cochons grillés, des cannes à sucre, des noix de coco et toutes sortes d'autres fruits. C'est alors que le grand prêtre Kaou entre dans la tente. Il tient dans ses bras une étoffe et une coiffe à plumes, qu'il me tend. Ensuite, le roi, le grand prêtre et les autres hommes s'accroupissent devant moi, le visage contre terre. Je suis pétrifié, le casque emplumé sur la tête, un manteau rouge sur le dos, des offrandes et les plus hautes personnalités de l'île à mes pieds... Il faut pourtant que je réagisse !

Je m'accroupis et plonge mes mains dans les fruits et les morceaux de viande que Tirrïobou m'avait apportés. Je les lève alors au ciel, puis les porte à ma bouche. Lentement, je me mets à les manger. Des bouts de viande et de fruits glissent entre mes doigts. Un jus brunâtre coule de ma bouche et dégouline le long de mon menton. Enfin, je cesse de manger et je jette les restes de nourriture derrière moi. Le roi et les prêtres se relèvent. Sur leurs visages se lit la satisfaction d'avoir été entendus. Puis, je tends mes mains vers eux en disant :

— Que Dieu bénisse le roi George !

Je me couche tôt ce soir-là. La visite de mes

adorateurs m'a épuisé. D'une semaine à l'autre, ils se font plus insistants. Bientôt, je serai définitivement considéré par les Hawaiiens comme leur divinité suprême ! Mais cette mascarade ne m'amuse plus. Je suis inquiet ; comment cela finira-t-il ? La dévotion de ces hommes à mon égard est trop forte, impossible de les raisonner. King m'a appris qu'une légende de l'île annonce la venue d'un dieu en la personne d'un homme blanc. Pour ces gens, la légende est devenue réalité. Et celle-ci ne peut que les décevoir. Il faut que je quitte cette île. Je décide de partir dès l'aube.

Chapitre 13

Nous sommes en mer depuis une semaine. Nous naviguons plein nord ; Hawaii et la baie de Karakarooa sont déjà loin derrière nous. Soudain, nous entendons un terrible craquement. C'est tout le navire qui tremble.

— Capitaine ! Capitaine !

C'est le lieutenant Williamson qui entre dans ma cabine.

— Le mât de misaine[1] vient de se briser !

— Quoi ? Le mât de misaine ? Vous êtes sûr ?

— Oui, Capitaine. Un coup de vent, et il s'est

1. *Le premier mât à l'avant du bateau.*

brisé en deux !

— Stoppez le navire ! Réduisez la toile !

— Bien, Capitaine !

Sur le pont, King discute déjà avec les charpentiers. Le visage sombre, il écoute les explications des marins.

— Je crains que cela soit mauvais, Capitaine, très mauvais...

— Je vous écoute...

— Le mât est cassé, on ne peut rien faire pour le réparer. La bourrasque a déchiré le cœur du bois. Les charpentiers pensent que leur réparation tiendra peut-être une semaine, certainement pas plus...

— Bon, on remplace le mât. Dans combien de temps pourrons-nous repartir ?

— Impossible... Capitaine, on n'a pas de mât en réserve...

— Vous voulez dire...

— Oui, Capitaine... il faut qu'on fasse demi-tour, je ne vois pas d'autre solution...

Pourquoi fallait-il que cela arrive maintenant ? Mais King a raison, les dégâts sont trop importants pour que je prenne le risque d'avancer plus au nord. C'était inévitable… nous devons retourner à Hawaii et sceller notre destin…

Nous arrivons dans la baie de Karakarooa tard dans la nuit. Les habitants de l'île ne viennent pas nous accueillir. Il règne une atmosphère oppressante ; il n'y a pas un bruit, juste quelques cris d'oiseaux. Dans la pénombre de la forêt, nous pouvons distinguer les ombres furtives des combattants hawaiiens…

La yole ! Ils m'ont volé la yole ! Ils m'ont fait ça à moi ! C'est révoltant, inadmissible ! Les choses ne se passent pas comme je le souhaite. J'ai jeté l'ancre loin du rivage, mais quelques heures après notre arrivée, notre yole a disparu. Volée par les indigènes ! Dire qu'avant notre départ ils nous célébraient comme des dieux !

Ce n'est pas possible, je ne peux pas les laisser faire. Nous devons réparer le *Resolution* et nous installer quelques jours ici. Les Hawaiiens vont vite comprendre que ce navire et ses équipements sont à moi, à l'équipage, au royaume d'Angleterre. Par le diable ! Je ne les laisserai jamais nous en dépouiller !

Chapitre 14

Londres, octobre 1780, bureau de John Sandwich, premier lord de l'Amirauté.

— Et ensuite, monsieur King ?

— Comme je vous l'ai raconté, le soir de notre arrivée, le capitaine Cook était hors de lui. Tôt le matin, nos hommes ont été approchés par les Hawaiiens qui se montraient très agressifs. Je pense que le capitaine Cook avait repris ses esprits, mais il voulait accomplir une action d'éclat en allant chercher lui-même cette chaloupe.

Il a fait barrer la baie par deux canots conduits par des soldats de marine. Il m'a envoyé sur la grève avec mes hommes et s'en est allé dans son canot avec sept soldats vers le village de Kowrowa, où habitait le roi Tirrïobou.

À son arrivée, il a réussi sans peine à convaincre le roi et deux de ses enfants de l'accompagner sur le *Resolution*. Il comptait s'en servir comme monnaie d'échange pour récupérer la yole. Tout semblait bien se passer, et les soldats se détendirent un peu. Mais la mère des deux enfants se précipita pour les récupérer, et la population du village s'interposa entre le capitaine Cook et le roi qui, lui, ne savait pas trop ce qu'il devait faire.

Voyant qu'il ne pourrait pas obliger le roi à l'accompagner sans déclencher une bataille, le capitaine Cook s'apprêtait à s'en aller quand un coup de feu éclata sur la baie. Les soldats de marine postés sur les canots venaient de tuer un Hawaiien qui voulait quitter le détroit. La nouvelle se répandit en quelques minutes, et les habitants se montrèrent de plus en plus hostiles. Soudain, un homme armé d'une lance se dirigea vers le capitaine.

— Et quelle fut sa réaction ?

— Le capitaine garda son calme et demanda à l'homme de reculer, mais celui-ci était furieux et menaçant. Le capitaine n'avait pas chargé son arme avec des balles, mais avec du petit plomb. Il voulait à tout prix éviter la mort d'un homme, fût-il hawaiien. L'indigène s'est élancé vers lui, et Cook a tiré, sans le tuer ni même l'arrêter. Ce fut fatal pour la suite des événements ! Aux yeux des Hawaiiens, le capitaine n'était plus un dieu invincible, et ses armes se révélaient inefficaces. Il s'est ensuivi un véritable carnage ! Les soldats tirèrent dans la foule, mais furent très vite submergés et massacrés.

— Et qu'advint-il du capitaine Cook ?

— La dernière vision que j'ai de lui est celle d'un homme courageux : il tournait le dos à ses assaillants et hurlait aux soldats de ne pas tirer.

C'est à ce moment qu'il a été poignardé. Mortellement touché, son corps a disparu dans la mêlée du combat. J'ai rassemblé les hommes à bord du *Resolution* avec l'intention d'aller chercher le corps du capitaine, mais ce sont les Hawaiiens qui nous l'ont ramené, enfin ce qui en restait...

— Vous voulez dire qu'ils l'avaient...

— Mangé, oui ! Nous n'avons pas pu récupérer autre chose que ses mains et quelques os...

Épilogue

L'équipage du *Resolution* resta de longs jours accablé par la douleur. Les Hawaiiens étaient également abattus. Tous déploraient qu'un simple vol de chaloupe ait pu dégénérer en tuerie. Le *Resolution* quitta pourtant Hawaii avec l'intention de mener à bien l'expédition de son capitaine. Courageusement, l'équipage cingla vers le nord, passa à nouveau le détroit de Behring. Mais il ne trouva jamais de passage vers l'Atlantique et dut rebrousser chemin. Les hommes du *Resolution* abordèrent les côtes de l'Angleterre en octobre 1780, après plus de quatre ans et demi de voyage autour du monde.

Qui est l'auteur ?

Martin de Halleux est né en 1966 à Bruxelles. Dix-huit ans plus tard, il traverse le désert du Sahara et en ramène un premier court récit publié dans un magazine pour la jeunesse. Après des études de communication, il part pour New York, puis Berlin et rentre un an plus tard à Paris pour lancer un magazine consacré au photo-journalisme. Il est aujourd'hui directeur éditorial dans un groupe de presse. Pour *L'Inconnu du Pacifique*, il s'est basé sur les véritables journaux de bord du Capitaine Cook dont il possède les éditions originales. Il vit à Paris avec sa femme Marie, auteur également, et leurs deux enfants, Julie et Victor.

Table des matières

FSC
www.fsc.org
100%
Paper from well-managed forests
FSC® C019520

Achevé d'imprimer en août 2010,
par l'imprimerie Novoprint, Espagne.